捧 读

触及身心的阅读

借《搜神记》一用

商震 著

中国友谊出版公司

图书在版编目（CIP）数据

借《搜神记》一用 / 商震著. -- 北京 ： 中国友谊
出版公司，2022.4
ISBN 978-7-5057-5455-3

Ⅰ．①借… Ⅱ．①商… Ⅲ．①《搜神记》－小说研究
Ⅳ．①I207.419

中国版本图书馆CIP数据核字(2022)第059606号

书名	借《搜神记》一用
作者	商震
出版	中国友谊出版公司
发行	中国友谊出版公司
经销	新华书店
印刷	天津创先河普业印刷有限公司
规格	787×1092毫米　32开
	10印张　175千字
版次	2022年4月第1版
印次	2022年4月第1次印刷
书号	ISBN 978-7-5057-5455-3
定价	68.00元
地址	北京市朝阳区西坝河南里17号楼
邮编	100028
电话	（010）64678009

目 录

写在前面：由《搜神记》说开去

‖ 傩具后面的人

十年前，我与一些诗人应邀到湖南永州去采风。某天一早，我们来到柳宗元纪念馆参观，大家你一句我一句地背诵《捕蛇者说》："永州之野产异蛇，黑质而白章，触草木，尽死；以啮人，无御之者。"突然有一个人问："柳宗元文章中说的是什么蛇？"几个人几乎同时说："五步蛇。"我对蛇这种动物了解得太少，也不知道五步蛇长什么样，没敢插话。但是，我的第一感受是当时的永州城不大，人口也不多，郊外不远就是无人区。因为人少，才会有这种毒蛇出没，才会有以捕毒蛇为职业的人。

我继续想：毒蛇这种东西，能置人于死地，也能救人性命，让人起死回生，蛇是良善之辈，还是歹毒之徒？

从柳宗元纪念馆出来，大家七嘴八舌讨论了柳宗元的其他一些文章及对柳宗元的印象。

午饭后，主办方用一辆中巴车把我们送到大瑶山，下午观摩了一场瑶族的婚礼仪式表演。表演是旅游项目，难免有一些夸张和虚构的成分。这些夸张和虚构的成分，就是为了逗游客欢笑的，所以，那天大家都看得很兴奋，满脸喜悦。

晚饭后，我们在一个小广场上看当地艺术团体的文艺演出。广场中心燃着一堆篝火，我们坐在低矮的小板凳上一起看傩戏。

"傩"在我国是很古老的一种驱瘟辟邪的宗教活动。傩具有各种面目，狰狞可怕，带有恐吓和威慑的意味。驱鬼的人戴着这种面具，进行一系列的驱鬼仪式。在传统的驱鬼仪式中，还夹杂着道术、魔术、民俗杂技等表演。比如朱砂画符、嘴里喷火，还有"上刀山、下火海"，就是光脚在刀刃上走、光脚在炭火里走等等。如今这类表演在全国各地都能看到。有些傩具制作得非常恐怖，人猛然看一眼真会被吓得一激灵。由此是否可以这样判断：为了驱鬼，就要把人装扮成比鬼更可怕的样子？或者好像是在暗示：鬼也害怕狰狞、阴森、恐怖的面孔。其实，在民间游荡的"鬼"有很多种，分工也不同。不知道这些驱鬼的"傩"是否也有分工。

后来，"傩"这一仪式逐渐演变成兼容祈祷与逐疫、娱神娱人的一种民间艺术的表演形态，叫"傩戏"。傩戏现在已经是老百姓喜闻乐见的一种文艺演出节目了。

那天晚上，我们看的傩戏，仅是脸上戴着傩具、手里拿着傩兵器的人在跳舞，没有驱鬼的内容。戴着傩具舞蹈的是一些女孩子，她们跳得很专业，舞姿很优美，看不出与驱鬼或与鬼有什么关系。

演出结束后，我们就在原地与表演傩戏的演员们一起围着篝火，一边喝当地的米酒，一边舞之蹈之歌之吼之。与我同行的一个诗人，看到刚才跳舞的女演员的真面目，悄悄对我说："这些摘了狰狞面具的女孩子，有格外的美，越看越漂亮。"我听了一笑，说："那你就多看几眼嘛。"他说："也不能多看，看多了就会想起她们戴着鬼面具的样子。"我俩"哈哈"一笑。后来，我仔细一琢磨，突然有了一个小顿悟：对呀，人和"鬼"之间不就是隔着一张面具嘛。人一旦摘下或除却狰狞的一面，就只剩慈眉善目了。真正的美，就应该是慈眉善目吧。

晚会结束后，看戏的人们各自散去，我们也回到宾馆。回到房间，我许久未睡。我在想柳宗元笔下的蛇，想着蛇与人的关系、傩与鬼的关系、傩戏与美女的关系。最后，想到了《搜神记》，想起《搜神记》中那些鬼和驱鬼的故事。或许，《搜神记》中记录的那些驱鬼的神仙，脸上也都带着"傩具"，手里拿着"傩兵器"，而且内心要比所有的鬼更狰狞、阴森些，手段比鬼更毒辣些。所谓"魔高一尺，道高一丈"。

那晚，午夜过后我才入睡，竟然梦见一群鬼戴着美女的面具在舞蹈。

‖ 我心里有"鬼"！

一天下午，妈妈给我打电话说："小震子，明天我的一个老同事要来看我，他是一个老酒鬼，你给我送一瓶酒来。"我对妈妈说："明天我过不去，我让瑶瑶给您送过去吧。"于是，我就和我的大闺女瑶瑶约好，让她晚上到我家来取一瓶酒，明天和女婿给奶奶送去。可是晚上快9点了仍不见她，我就发信息给她："今晚还来吗？"稍等一会儿，瑶瑶用微信视频和我说话。我打开视频，首先看到的是不到三岁的小外孙的大脑袋。小外孙喊："姥爷，姥爷。"我说："你怎么还没睡觉啊？"小外孙说："妈妈给我讲故事，还没讲完呢。"我说："妈妈给你讲的什么故事呀？"这时，瑶瑶把手中的《童话故事集》放在镜头前给我看，然后说："爸，等我把他讲睡着了就过去。"我"嗯"了一声。我知道，我的两个外孙都是从小在童话的故事里安眠，在童话里长大的。

童话大多带有神话的色彩。神话是什么？神话是带着成人理想的缥缈故事，把凡人做不到的事让被神化了的人去做。神话里有鬼吗？肯定有！其实，鬼和神是一家子，或者是同一个个体，只是在不同的场合会有不同的身份。当然，鬼神和人一样，有好鬼神，也有恶鬼神。给孩子们读的童话里，也是有好鬼神和恶鬼神的。好鬼神和恶鬼神一直在斗争，最后，好的鬼神一定要战胜恶的鬼神。好鬼神就是英雄，恶鬼神就是坏蛋。童话故事就是让孩子们从小懂得"邪不压正"。

小孩子不懂得什么是神、鬼，把所有的故事都当作人的故事来听，唯一的要求是有趣，好玩儿。至于有没有产生教育意义，那是大人们的一厢情愿；孩子只是听着咧嘴乐，没什么可乐的或者乐够了，累了，就闭上眼睛睡觉了。

孩子都是父母教什么就信什么的。信什么，心里就住着什么。

我在幼年时没听过有关鬼神的故事，我妈妈不会讲这样的故事。后来，在哈尔滨奶奶家也没听过有关鬼神的故事，我奶奶也不会讲这样的故事。或许，我妈妈和奶奶的心里都没有住过鬼神。但是，我十岁左右，曾随我妈妈去"五七干校"两年，听到了太多的鬼故事。

　　我妈妈被下放的"五七干校"，在抚顺县塔裕公社（今塔峪镇，属于抚顺市望花区）二道沟大队第十小队。房东姓高，高家的二儿子比我大两岁，三儿子比我小一岁。那两年，我们三个和村里另外几个玩得好的小孩子，几乎形影不离，可以淘气耍闹的地方都去淘气耍闹。冬天的晚上，基本做两件事。一是用钢筋磨成锥子绑在长木杆上，拿着手电筒去各家房檐下找麻雀窝。找到了麻雀，就用手电筒照着麻雀，再用磨好的钢锥把麻雀扎下来。麻雀晚上是盲鸟（有一种眼科病叫"夜盲症"，俗称"鸟盲眼"），所以，被电筒照射着的麻雀就呆呆地让我们扎。一晚上可以扎十几只，然后我们会用简单的方法把这些麻雀烤熟吃掉。我们觉得，麻雀肉真香啊。因为那时，其他动物的肉也真是吃不到。除了扎麻雀吃之外，更多的时候，我会跟着小朋友们一起聚在一个会讲故事的唐姓村民家里，听一些神仙鬼怪的故事。那个讲故事的唐姓人，不像在讲故事，倒像在讲他的亲身经历或耳闻目睹的事情，声情并茂配合肢体动作，很投入。在他嘴里，人和鬼的形象都很鲜活，时常让我们听得悄悄地环顾左右，生怕故事中的鬼已经来到了我们身边。我一边害怕着，一边想继续听下去。有时我听得已经浑身发抖了，还要聚精会神把故事听完。每次听完故事回家，我都要使劲抓着高家兄弟的手，生怕鬼就在身边或有鬼追上来。现在明白了，人害怕鬼的时候，就已经相信这个世界上或自己身边有鬼了。即使那些嘴上说不相信世上有鬼的人，他们心里也是将信将疑地时常闹"鬼"。

成年之前，我相信世界上是有鬼的，而且相信鬼是无处不在的，我很害怕鬼。

‖ 鬼神是从哪儿来的？

后来长大了，读的书多了，关于鬼神的书也没少读，只是很少害怕了。尤其赞同马克思的《政治经济学批判》中这样一句论断："大家知道，希腊神话不只是希腊艺术的宝库，而且是它的土壤。"哦，鬼神文化是艺术的土壤，也是让艺术得以生长和具有创造力的一部分原因。

文学艺术作品中的那些鬼神，应该是从生活中来的。那么，世界上真的有鬼神吗？亲爱的读者，您相信世上有鬼神吗？

人都是自己主动去找鬼神的。不相信这世界上有鬼神的人，永远也遇不到鬼神。

读《聊斋志异》后，我不认为作者蒲松龄是在写鬼。他不过是把人当成鬼去写，或是在人的脸上画鬼的样子。蒲松龄是把鬼当作镜子用以照人了。我有写读书笔记的习惯，读完《聊斋志异》后，我只写了四句顺口溜：

　　　　鬼不鬼，人不人，

　　　　仙不仙，神不神。

　　　　本是无道说有道，

　　　　皆因世道迷乱魂。

读《西游记》后，我也不认为作者吴承恩写的是妖魔鬼怪、神仙佛陀。他也不过是把人间的事，放到妖魔界、神佛界去叙述铺陈罢了。

有一句老话说："画鬼容易画人难。"写小说的人也深谙此道。当然了，不仅是因为鬼好写，还因为中国乃至全世界，都有很深的"鬼神文化"的基础。或者说，古今中外，说鬼神的故事，总是不乏读者、听众的。

那么，鬼是从哪儿来的？什么时候来的？又是怎么深入人心的？

毫无疑问，鬼神是人创造的，是子虚乌有的；鬼神，应该是伴随着人类最初的思想启蒙一起来的。也就是说，当人类有了思想、有了想象，鬼神就进入人的精神世界，居住在人的身边了。人和鬼神一直相伴而生。

自从人类的意识形态中出现了鬼神的概念后，鬼神就极大地影响了人们在心理、道德、价值观、生活方式、风俗习惯、经济生产、政治斗争、艺术创作乃至社会形态等诸多方面的发展历程。

从奴隶社会至封建社会，在统治者的舞台上，神太多了。中国处于奴隶制和封建制的时期都特别长，而各个帝王君侯都认定他们的地位是"君权神授"的。按这个理论，帝王君侯就都是神了。几千年来，中国的帝王君侯如此之多，神也就多之又多了。其实，百姓觉得神的地位太高，普通人够不着。还有，多神亦是无神——诸神在神位上经常发生纷争，长期的各种争斗也就相互抵消了神的力量。所以，神对百姓而言是不必给予过多关心的事物，反正神是不会授权给百姓的。历史上有些人想不服从"神权"，就喊出："王侯将相宁有种乎？"一开始老百姓以为这些人真要反"神权"，可后来发现，这些打着反"神权"旗号的人，一旦小有成功，他们自己就想享受"神权"，自己要做新的"神"。

其实"君权神授"也是中华民族文明的一部分，是封建社会朝代更迭中不成文的法律：谁坐到金銮殿上，谁的权力就是"神授"而来的。于是，打打杀杀，明争暗斗，装神弄鬼，各种手段无所不用其极。历史上，各朝各代为了争夺"神授"的位置，把人性的善恶美丑都暴露得淋漓尽致，一方面不断地推动历史前进，一方面也给后人留下许多笑柄。

汉代以前，中国的"神"是"天"，皇帝是天的儿子，是"天意"让某人做了"天子"。"天"大概就是老百姓常喊的那位"老天爷"。我认为这位"老天爷"，不是单指神话里的"玉皇大帝"，而应该是天上的诸位神仙的集合才对。这诸位神仙里，大多是妖魔鬼怪。

汉代以后，中国的神，变得复杂了。

中国两千多年来是一个多教合流的国家。各宗教都有自己的神——佛教信奉释迦牟尼，道教信奉老子，基督教信奉上帝，伊斯兰教信奉真主等等。多教并立，多神并排，没有哪个神能在中国占有绝对的霸主地位。

鬼的来源也是多重性的，是复杂多变的。在西方诸国，鬼是跟灵魂联系在一起的，而灵魂又和梦境密切相关。西方人对鬼神的称谓是：魂灵。

恩格斯在《路德维希·费尔巴哈与德国古典哲学的终结》一书中说："在远古时代，人们还完全不知道自己身体的构造，并且受梦中景象的影响，于是就产生一种观念：他们的思维和感觉不是他们身体的活动，而是一种独特的、寓于这个身体之中而在人死亡时就离开身体的灵魂的活动。从这个时候起，人们不得不思考这种灵魂对外部世界的关系。既然灵魂在人死时离开肉体而继续活着，那么就没有任何理由去设想它本身还会死亡。这样就产生了灵魂不死的观念。"看看，这是西方人对鬼的概念的一种诠释。他们认为，远古时代的人们得出了人是由"肉体"和"灵魂"两部分组成的这一结论。肉体可以死亡，但灵魂是永远不死的。人在死亡时其灵魂脱离了肉体，便成了鬼。鬼神的成因是简单的，其影响力的扩大却是复杂的。

恩格斯说鬼神的产生是"受梦中景象的影响"，大概说的是景象奇异的怪梦。一般科学对梦的解释是："日有所思，夜有所梦。""人不会梦到自己没见过的东西。"按照这个理论，显然人是梦不到鬼的。我回忆了一下自己的梦，确实没梦到过从未见过、听闻过的人与物。也就是说，我没梦到过鬼，也没梦到过鬼气森森的景象。也许只有那些心里常怀鬼胎的人，才能梦到鬼或闹鬼的景象。

同是西方人的弗洛伊德对梦的解释是：梦是通向潜意识的捷径，是那些被压抑的、被排斥的与意识之外的，在进行自我防御活动时才表现出来的心理过程和内容。弗洛伊德显然是把梦的解析给科学化了，科学化就不能产生鬼神了。

我国汉代的一位学者也把梦给科学化了，这个人叫王符，他说："夫奇异之梦，多有故而少无为者矣。"他认为，人做梦一定是有原因的，梦中的奇异景象也不必大惊小怪。

我国民间流传着一部奇书，名《周公解梦》。周公者，姬旦也。姬旦是相传写了《易经》的周文王姬昌的第四个儿子，是周朝建立的功臣。他会解梦？我认为周公姬旦肯定做过强盛周王朝的梦，但没时间去研究梦，更不会去解梦。《周公解梦》完全是后人假托周公之名，撰书贩卖来充实自己腰包的。但是假托也要有那么一点儿依据，这个依据大概是孔子的一句话："甚矣，吾衰也，久矣吾不复梦见周公。"孔子这句话是说他很久没有梦见过周公姬旦了，商人却利用了最后四个字，做成了《周公解梦》。但是，不得不说，民间真有"解梦"这个行业，还是依据《易经》中的理论来解读的。

关于解梦，最流行的一句经典语录就是：人生如梦！

在中国历史上，有两个著名的梦：一个是"黄粱一梦"，一个是"南柯一梦"。这两个梦，基本解释了"人生如梦"的含义。

我还读过一本书，书名叫《八十一梦》，是民国作家张恨水写的。张恨水在这本书里，是把现实遭遇当梦来写的，但又不敢尽情地袒露亲身遭遇与耳闻目睹的真事，于是，他自白地说：这本书是"鼠齿下的残余"。

我国历史上还有一类怪事儿，就是许多重要的人物，包括皇帝、文臣、武将、大文豪等，都是"梦孕""梦生"的——母亲梦到什么祥瑞或威猛之神兽、神物，就会怀孕，然后诞下一个大人物。具体的例子这里就不一一列举了。

好了，我不是要讨论梦，而是要讨论神鬼文化。咱们回到正题上来。

西方的理论是灵魂永远不死。中国民间的生活哲学认为鬼无处不在。

鬼，确实是深植于人的内心的。人们的口头禅常有这样几句："今天见鬼了！""鬼知道发生了什么事！""白天不做亏心事，夜晚不怕鬼敲门。"等等。

我斗胆地描述一下鬼神诞生的过程吧。

原始人在动物界并不是强者，其生存环境是危机四伏的，所以人必须群居，继而形成了一个一个的部落。部落必须有头领，谁来当头领？能者！何为能者？文武双全者。武，很好理解，身体强壮，勇猛善战，能捕获更多更大的猎物，能领导部落成员抵抗其他部落的侵袭；文呢？就是要有精神统治力。世界上的人类原始部落的头领，几乎同时发明了鬼神这个概念。用鬼神来辅助部落的精神统治，用鬼神来实现各个部落之间的精神制约。那时生产力低下，不可能有文化知识体系，当然，社会科学更是还没诞生，部落头领就敬拜鬼神，利用鬼神来规范部落人的行为和思想。

从封建社会开始，统治者更是借助鬼神来钳制人们的思想和行为，鬼神文化逐渐成了统治者安邦定国的一部分，成了事实上的软法律。在中国，商朝以前的社会基本是氏族部落形态，统治者用武力来制服被统治者的身体，用鬼神来束缚被统治者的思想。商朝以后有了帝王，而商朝的帝王文化是改良并强化了的鬼神文化——统治者开始向被统治者（也就是被奴役者）灌输"君权神授"的观念：如果被统治者对君王不满或反抗君王，就是对"天"不满，就是反"天"！反"天"就会遭天谴。

也许鬼神当初被人创造出来，就是为了统治人的。但是，一直被鬼神统治的平民百姓却对鬼神五体投地地敬拜——当然是带着恐惧的敬拜。这足以说明，鬼神文化的教育很成功，很有效，人人敬之，人人惧之。所以，在民间，敬鬼拜神之风十分盛行，形成了强大的民俗力量。

敬鬼，是因为怕鬼；平民百姓遇到无法解释或难以祈求的事，也只能寄期望于鬼神。身体生了怪病，是"鬼缠身"了；家里遭了什么灾难，是"鬼打墙"了；住宅里发生了用常识难以解释的事情，被称作"鬼宅"；等等。于是，民间又有了驱鬼的行为，并有了职业的驱鬼专家：巫师。俗称"跳大神儿的"。

佛教进入中国以后，与本土文化结合，进一步强化了鬼神在中国各阶层的力量。中国佛教中的神和鬼，都是有来源、有出处、有姓名、有各自职能的。

佛教里对鬼和神的划分是以人间为界的，在人间之上的"天上"的是神，在人间之下的"地下"的是鬼。

佛教在东汉时期正式传入中国，经三国、两晋至南北朝而兴盛。它对中国鬼神文化的影响主要表现在"地狱观"上。与中国固有的冥界观念相比，佛教的地狱突出"狱"的特点，即惩罚世间之人。无论其生前贵贱贫富，死后其鬼魂均要到"阴间""地狱"接受冥王的审判。在进入阶级社会后，这无疑为申冤无门的百姓提供了一种心理解脱的手段。佛教的地狱数目之多，其他宗教不可与之相比，有八大地狱、游增地狱、八寒地狱、孤独地狱四部分。每一部分又包括众多的小地狱。每种地狱内皆有不同的惩罚方式，根据亡灵生前行为的善恶，对其进行或轻或重的责罚，根据轻重级别和受刑时间的长短而分为十八个级别，即所谓"十八层地狱"。地狱里还有以阎王为首，以判官、鬼吏、鬼卒佐之的一整套管理体系，这些都是我国上古幽冥世界观中不曾有过的。佛教传入后，原有的地狱观念吸收了本土早期幽冥观中"地下九层说"的某些因素，并与中国的官吏体制相结合，创造出了汉化的"十殿阎王"。

重庆丰都县有一座"鬼城"，就是按照佛教轮回的说法和我国传统的幽冥观建造的。这座"鬼城"，把十八层地狱形象地展示了出来，告诫活在"阳界"的人，要行善积德。倘若做了缺德的事乃至恶事，到了"阴曹地府"会根据其作恶的程度不同，在"十八层地狱"里受到各种惩罚。

道教是中国鬼神文化发展的主要推动者。从《西游记》中可以看到，太上老君是道教人物，而道教的三清宫要建在玉皇大帝的天庭之上。"得道成仙"也是道教的说法。所以道家经典或与道家思想有关的古籍中，"神仙""鬼怪"出现的频率比较高，有些作品还是以神鬼为主线的。

中国的鬼神文化，还影响了亚洲的一些地区。日本有一本名为《百鬼夜行》的鬼怪图鉴，其中不少鬼的原型或与鬼相关的风俗，都是从中国"出口"过去的。

甲骨文中已有"鬼"字，上面是一个变异的、有点儿像人脸的"田"字，下面跪着一个人。《礼记·祭义》对"鬼"的说法是："……魄也者，鬼之盛也……众生必死，死必归土。骨肉毙于下，阴为野土。其气发扬于上为昭明，焄蒿凄怆，此百物之精也，神之著也。"许慎的《说文解字》上对"鬼"的解释："鬼，人所归为鬼。"哦，人死了之后就变成鬼。这和西方的"魂灵说"是一致的。现在我们已经考证出人类出现在两百多万年前，这两百多万年来死了多少人啊，如果按《礼记·祭义》和《说文解字》的解释来算，这世界岂不是鬼的世界？鬼的数量岂不是远多于活着的人？

空中游荡的都是魂灵，地面上到处都居住着鬼。

‖ 鬼事就是人事

随着人类文明的进步和科学的发展，很多古人无法解释的现象都有了解释，鬼却一直存在着。不仅如此，鬼的形象还发生了多元的变化，不断被丰富，不断变异、更新，历久不衰，经世不灭，在不同语言环境里有不同的形象意义。不可否认，鬼的形象越来越鲜活。鬼在每个人的心中、在每一个角落里存在。"鬼雄""鬼才""鬼灵精"等褒义词今天在用，"酒鬼""烟鬼""色鬼""吝啬鬼"等贬义词今天也在用。

人们给鬼神盖庙宇，让鬼神在大地上处处有安身之所。同时，历代诗人、作家也把鬼神"请"进作品中。中国最早的文学典籍《诗经·小雅·何人斯》中有："为鬼为蜮，则不可得。"屈原写有《九歌·山鬼》，《论语·为政》中有："非其鬼而祭之，谄也。"而专写鬼神的书，也是琳琅满目，名目繁多。

现罗列部分有一定影响的著作如下：

战国时代谈及鬼怪与神仙传说的书主要有：《归藏》《黄帝说》《汲冢琐语》《穆天子传》《山海经》《禹本纪》《伊尹说》等。

两汉时期有关鬼怪神仙的书主要有：《汉武洞冥记》《括地志》《列仙传》《神仙记》《神异经》《十洲记》《蜀王本纪》《徐偃王志》《玄黄经》《虞初周说》《异闻记》等。

六朝时期讲到鬼怪神仙的书日益增多，其中多有谈及鬼怪的书，如：《博物志》《集灵记》《旌异记》《列异传》《灵鬼志》《灵异记》《冥祥记》《齐谐记》《神仙传》《神异记》《拾遗记》《述异记》《搜神记》《宣验记》《研神记》《异林》《异苑》《幽明录》《冤魂志》《甄异传》《志怪》等。

唐代传奇和笔记小说有所发展，其中多有谈及鬼怪神仙的书，如：《博异志》《补江总白猿传》《传奇》《独异志》《古镜记》《河东记》《集异记》《秦梦记》《湘中怨》《宣室志》《玄怪录》《异梦录》《游仙窟》《酉阳杂俎》《酉阳杂俎续集》《枕中记》《周秦行记》《唐太宗入冥记》等。

宋代涉及鬼怪故事的书主要有：《太平广记》《稽神录》《江淮异人录》《乘异记》《括异志》《洛中纪异》《幕府燕闲录》《睽车志》《夷坚志》等。

金元时期记述鬼怪故事的作品有：《潮海新闻夷坚续志》《诚斋杂记》《续夷坚志》等。

明代神魔小说等作品盛行，主要有：《汴京勾异记》《封神传》《西游记》《后西游记》《续西游记》《西游补》《剪灯新语》《剪灯余话》《三宝太监西洋记》《涉异志》《四游记》《松窗梦话》《庚巳编》《何氏语林》《觅灯因话》《平妖记》等。

清代鬼怪小说则主要有：《子不语》《池上草堂笔记》《遁窟谰言》《耳食录》《耳邮》《聊斋志异》《后聊斋志》《蕉轩摭录》《客窗偶笔》《里乘》《六合内外琐言》

《三异笔谈》《淞滨琐话》《淞隐漫录》《挑灯新录》《闻见异辞》《昔柳摭谈》《洗愁集》《谐铎》《新齐谐》《夜谭随录》《夜雨秋灯录》《翼驹稗编》《蟫史》《印雪轩随笔》《萤窗异草》《影谈》《右合仙馆笔记》《阅微草堂笔记五种》等等。

其实，许多经典名著中都有关于鬼神的情节，只不过因书的主题不是鬼神，所以读者把讲到鬼神的部分当作闲笔消遣罢了。如《三国演义》中左慈这个人物就是人、神、鬼的综合体；诸葛亮也被赋予了许多神性；关云长死后，竟在半空大呼"还我头来！还我头来！"；《红楼梦》里有"太虚仙境""警幻仙姑"；等等。

也许有人会产生疑问：为什么历史上会出现这么多讲鬼神的志怪小说？道理很简单：一是大家喜闻乐见；二是不能写、不敢写现实，就写妖魔鬼怪，借妖魔鬼怪说事，如《封神传》《西游记》《聊斋志异》等。

当统治集团"防民之口甚于防川"时，作家就去写魑魅魍魉的事，把对现实的不满，借鬼神来表达，或者扭头转向历史，咏史论史，以史喻今。比如四大名著的作者等就是如此。还有清朝中叶的文学家袁枚，他写的《子不语》主要是借鬼神、传奇故事讽刺贪官污吏、程朱理学、腐朽的封建礼教等。这些作家的"项庄舞剑"，被社会学家、哲学家们一语点破了天机：所有表现历史的作品都是在写当代史。

近些年，我们也听到、看到一些闹鬼神的灵异事件，科学家正在积极努力地找出科学证据来解释它们。主要是告诉人们：这个世界没有鬼。然而，我们听到、看到最多的是装神弄鬼的人，最后惹得万众爆笑一场。为此，我还写过几句诗调侃：据说万圣节的晚上／鬼会来到人间／而我看到的都是人／戴着面具装鬼。

我国的经典古籍中有一部书被称作华夏文明史的宝典，它涵盖历史、地理、民俗、战争、神鬼等等，这部书叫《山海经》。关于这部书我想在这里多说几句。虽然目前我国的文学史专家还没把这部书纳入文学作品的范畴，但我认为《山海经》远比被誉为中国志怪小说之祖的《搜神记》文学含量要足，尤其体现在创造性上。文学作品没有了创造性，也就失去了文学的本质，从而失去生命力。

首先，流传至今的中国上古神话传说，大多来自《山海经》。比如盘古开天辟地、女娲造人、夸父逐日、精卫填海等故事。后世人往往把这些神话传说故事当作我们华夏族的上古史。从这个意义上说，我们民族的上古史也是一部讲鬼神的志怪史——其实，世界上其他几个文明古国的远古历史也都被解释为讲鬼神的志怪史。其次，《山海经》命名了至今还在沿用的历史人物、山、水和鬼怪的姓名。比如昆仑山、醴泉、瑶池等。再次，《山海经》奠定了我国文学的基础，是中国本土小说，尤其是寓言、志怪及民俗小说的启蒙之作。可以肯定的是，司马迁读过《山海经》，并发出慨叹："至《禹本纪》《山海经》所有怪物，余不敢言也。"屈原也读过《山海经》，我们能在屈原的诗章中读到《山海经》的许多内容。东晋时的史官干宝，一定是读了《山海经》，受到启发，才决心写《搜神记》的。《山海经》对后世各方面的影响，是历史上任何一部社科类著作都无法比肩的。

人类从创造鬼神那天起，就开始相信鬼神，并不断地赋予鬼神各种力量。古人相信的鬼神与今天人们观念中的鬼神不太一样，就像古人和我们今天的人不太一样是同一道理。

我承认，我心里有鬼。我不相信你心里没有鬼。

2020年12月，我去湖州参加诗集《脆响录》的分享会，有半天闲暇，几个朋友带我去参观了"湖州钮氏状元厅"。关于这个钮氏家族如何出状元，我就不再絮叨了。我要说的是，我看到客厅里的中堂挂着一幅人物画，很显然是培养钮氏状元的老夫子，而画旁的一副对联引起我的注意，上联是：气备四时与天地日月鬼神合其德。读了这个上联，突然明白，几千年来，我们读书人想成大器，就要合"天地日月鬼神"的德！看懂了上联，下联写的是什么就给忘了。抱歉，钮氏状元厅！

‖《搜神记》的"产床"

1993年春天，一个开图书出版公司的朋友小冯，约我去潘家园旧货市场逛逛。这个朋友在20世纪80年代以做盗版书为主，盗印国内的、国外的图书，反正只要能赚钱的书，也不管版权不版权的，拿来就敢印，就去批发销售。后来，他因为盗印违禁图书，被刑事拘留加罚款，当初做盗版书赚的钱也就败得差不多了。从拘留所出来后，他继续做图书批发生意，偶尔也和出版社合作印制公版书。他约我去潘家园，主要是希望我能帮他选选那些古代的、已经是公版的、还能有较大市场号召力的图书。他要做些正规的生意，我当然欣然前往，何况我也喜欢逛书摊儿。

那时潘家园市场最里边的区域，有卖旧书的，也有卖盗版新书的。我们挨个摊儿看，没发现什么可以拿来再出版并能很快见到利润的古书。小冯在一个书摊儿前站住，拿起包装很精美的一套书翻来覆去地看。我瞄了一眼，是《明末清初小说第一函》。我说："这套书我买过，读完觉得不太好。你现在要重新做，回款不会太快，只能做常销书，不能做畅销书。"他放下那套书，拉着我向下一个书摊儿走去。走出几步，他在我耳边说："我仔细看了看，他摊儿上的这套书，就是当年我做的盗版，所以我多看几眼。"我说："哦，我还以为你对这套书感兴趣呢。"我们随之相视一笑。

在角落的一个书摊儿上，我看中了两本书，一本是朱熹的《诗经集传》，全书应该是五卷本，这个摊儿上只有三卷，而且是一、二、五卷，外包装套封盒也没有了，不是宋刻本，是民国晚期的仿本。我和摊主讲了半天价，最后花二百元钱买了下来。还有一本书是《搜神记》，套封完整，书也比较新，当然也是民国晚期的仿本。摊主说少于八百元不卖，可我真的拿不出八百元钱。况且，我是打算买来摆着好看的，没有一定要拥有这套书的决心，所以就没买成。小冯说："你是要读，还是要收藏？"我说："嗨，这样繁体字的书，读起来多累啊，我读过简体字版的。我就是在这儿看到了，觉得如果把这套书摆到书架上挺好看的。一个读书人，书架上有几本古旧书，不是显得咱是老学究嘛！"说完，我俩哈哈大笑。我接着说："不过，喜欢这些书，是真的。"

我俩逛了三个小时，我买了残卷的《诗经集传》，小冯则一无所获。

从潘家园旧货市场出来，小冯请我吃涮羊肉。吃着吃着，小冯问我："你说《搜神记》，现在能有市场吗？"我说："应该不会有很大的市场。现在文言文读者少，凭你们现在的小公司，把它译成现代汉语成本太高，而且未必能翻译准确，翻译不准还得闹笑话。再说了，目前读者都在读娱乐性强的书，或者反映社会的奇特新故事，谁去读古人的书啊？《搜神记》的内容倒是有卖点，以鬼神妖怪和古代民间传说为主，可是，不加以现代生活的演绎，当下的读者未必能接受。"小冯说："哪天你给我讲几段，我听听，看能不能做点啥。"我说："好。"

那次我和小冯分手后不久，小冯就去了江南的一家图书出版公司，继续做他的图书印制、批发等业务去了。几年后，他回北京，我俩也见过几次，不过是一起吃吃饭、喝喝酒、聊聊天而已，再也没提过《搜神记》。

《搜神记》由东晋时期的史学家、文学家干宝所著，被文学史称为中国志怪小说的鼻祖，代表了东晋之前志怪小说的最高水平。

有研究者考证，《搜神记》"是直承《穆天子传》及《山海经》影响而出现的"。对这种说法，我是不太认同的。《穆天子传》是写周穆王姬满骑着八匹神马向西北巡游的笔记，承袭了我国秦以来人们写编年史的手法，是系列游记散文的作品集，像编年史，而不像"传"。虽然文中充满了大量的想象和创造，但在体例、创作手法及文字的表现力上，都无法与《搜神记》相提并论。读完《穆天子传》，就感觉到全书的"马屁味儿"十足——把周穆王写成神，并且神乎其神。文中写周穆王与西王母娘娘相会一段，虽然较为精彩，但仍难逃"牵强附会"的质疑。《穆天子传》，我认为写得最好的一卷是《周穆王美人盛姬死事》。只有这一卷才把周穆王写成了人，自然的人；写出了一个男人对所爱女子的执着爱恋和刻骨铭心的相思。文字也生动，形象也鲜活，情感也真挚了。

　　只是，我没看出《穆天子传》这部作品对《搜神记》有多大的影响。干宝应该是读过《穆天子传》的。《穆天子传》成书于战国时代，出土于西晋初期，几乎是干宝开始读书的时候，《穆天子传》就在流传了。如果一定要说《穆天子传》对干宝写《搜神记》有影响的话，那么，我认为干宝吸取了其在创作上大胆地发挥想象力的特点。

《山海经》对干宝的影响力是很大的。《搜神记》不仅借用了《山海经》中的材料，而且还使用了《山海经》的叙述方式。甚至可以猜想，如果没有《山海经》，可能就不会有《搜神记》，至少不会有这样一本广受赞誉的《搜神记》。但是，史学界、文学界，至今也不把《山海经》当作小说。

有些人把《山海经》当作万宝囊一样的博物类书，但我读完《山海经》后，认为《山海经》中大部分篇章，已经是比较成熟的小说了。不仅是《山海经》，《左传》《战国策》《史记》等著作中的许多篇章，也都是很好的小说。可是，为什么把《搜神记》当作志怪小说的鼻祖？《搜神记》的文学价值真的比前面我提到的那些著作高吗？

那么，什么是小说？是谁先命名了"小说"这个概念？

我要先声明一下，我在这里陈述的都是中国文学中的小说概念，至于欧美等西方文学界、史学界怎么给小说定义，就不涉及了。

我国历史上，最早提出"小说"一词的人是庄子。《庄子·杂篇·外物》中《任公子钓鱼》有："饰小说以干县令，其于大达亦远矣。""干"是追求。"县"是"悬"的通假字，是高大之意。"令"是美妙之境。这句话在今天的意思是，用修饰浅薄的言辞以求得极高美誉的名声，这对于达到通晓人间大道的境界来说，其距离还差得很远呢。庄子在这里提到的"小说"，是指轻浮琐碎的言辞，显然与我们今天认定的文学意义上的小说是不搭界的。但是"小说"这个提法，为后来的人继续阐释"小说"，提供了一条起跑线。

东汉时的哲学家、思想家桓谭在其著作《新论》中称："小说家合残丛小语，近取譬喻，以作短书，治身理家，有可观之辞。" 用现代汉语表述这句话，是说，所谓小说家就是把自己短小零碎的言论集合起来，从身边的事物上打比喻、讲道理，形成一篇篇的短文，以此来提高自身修养、管理家庭生活，这样的文章还是有值得欣赏的文辞。桓谭对"小说"的这句诠释，和今天的"小说"已经有些接近了。

东汉的史学家班固，就是编撰《汉书》的那位记史大师，在《艺文志》中对小说是这样定义的："小说家者流，盖出于稗官，街谈巷语、道听途说者之所造也。"用今天的话说就是：小说家一类的人，大多出自于一些小官员，小说是他们基于街头巷尾人们口耳相传的奇闻逸事所编造的故事。"稗官"就是小官员。东汉以前能记史或记写社会生活的人，最起码得是一个小官员。要识字，要有机会听到"街谈巷语，道听途说"，要有自己的理解和见解，要有谋篇布局的能力，还要有传播渠道。那时的"小说家"就是具有这样条件和素养的人。

班固对"小说"及"小说家"的定义，又比桓谭更靠近今天的"小说"一步，或者是在桓谭对小说的定义基础上，定位又精准了许多。

中国历史上的小说其实是分两大类的。一大类是文言文小说。文言小说起源于先秦，内容基本是街谈巷语的小情小趣、小知小道，也有寓言、哲理，当然也包含神鬼妖魔等。文言小说历经了从魏晋南北朝到隋唐的长期发展，无论是在对题材的选择或对人物的描写上，还是在谋篇布局、处理悬念上，都有了明显的进步，并形成了笔记与传奇两种小说类型。

《孟子》《庄子》《韩非子》等书注重对人物形象的刻画、对人物性格的凸显，故事曲折。虽是寓言故事，但已有了小说的基本要素。而《左传》《战国策》《史记》《三国志》等书，更善于描写人物性格、叙述故事、构思情节，并重视细节，为后来小说的发展提供了素材，也为后来小说叙事方法的形成提供了经验。

文言小说的一大特点是"为政化民"，基本是统治阶层的文化代言。那时，"文以载道"的"道"，大部分是指统治集团的核心利益，一小部分是指社会伦理，还有一小部分是文人志士的理想。

而另一大类是白话小说。白话小说起源于唐宋时期的勾栏瓦肆，是说书人在茶肆或闹市摆摊儿说书的话本。故事的取材大多来自民间，主要表现百姓生活林林总总的趣事、囧事，以休闲娱乐为主。当然，也强调对百姓的道德、法律、伦理的教化，体现了"寓教于乐""治家立身"的特点。

宋人编辑的小说集《太平广记》，取材于汉代至宋代的漫长历史时期，是一部多达五百卷的大书。书中收有唐代元稹的《莺莺传》，其后被改编成《西厢记》，是影响最大、也最有代表性的作品。白行简的《李娃传》、李朝威的《柳毅传》、薛调的《无双传》及杜光庭的《虬髯客传》等，都收在《太平广记》这部大书中。

唐宋时期的小说，虽然以口头流传为主，但是已经被社会上各阶层所接受。并且那时已经有了"职业作家"——专门为说书人提供话本的作者。

中国历史上，白话小说发展的鼎盛时期是明、清两代，诞生了《三国演义》《水浒传》《西游记》《红楼梦》这四大名著，还有《二十年目睹怪现状》《老残游记》等作品。短篇小说集有冯梦龙的"三言""二拍"及蒲松龄的《聊斋志异》等。

小说的发展、蓬勃与否，与社会环境有着直接的关系。政治、经济、文化的生态是促进或制约小说发展的关键要素。此外，还有"供需关系"——总不能写小说的人多于读（听）小说的人吧！

扯远了，回到《搜神记》上来。

干宝写作《搜神记》时，还是朝廷的官员，且官阶比稗官要高一些，是东晋司徒右长史，相当于总理办公室的主任，每天要收发、起草、转送各类文件，要迎来送往，是个杂事缠身的职务。不过，毕竟是在权力机构的中心，如果干宝有继续升官的欲望，大概也不会是什么难事。但是，东晋的政治生态是很污浊的，干宝可能觉得继续当官会有良心受谴责的折磨，于是他上班当差就敷衍了事，回到家中潜心著述鬼神的故事，在虚幻中隐喻现实，这便有了《搜神记》。可以想象干宝在职场上面对各色官员时的大孤独与大寂寥。

干宝懂得一个道理，即把老百姓当作奴才的王朝，不会带来政通人和、民族兴盛。而自己撰写的鬼神故事与民间传说，也许是送给王朝统治者的一本暗语。清醒者读后自会清醒，而装傻者就是用什么办法也喊不醒。

平庸的官员，只要平庸即可。或者，底线是只要道德上忠诚于君王即可。

不是每个官员都想成为政治家，不是每个政治家都想成为伟大的人物，为薪水而工作的人还是大多数。而工作之余，一些个人爱好或专长，恰好能满足其无法在求生存时去实现的理想。

一个作家是有能力让自己的肉体和灵魂分开的。身体在工作中做"机械运动"的时候，他的精神却可能在另一个世界里。

从西晋到东晋，政治生态之恶劣，在整个中国历史上也是排前几名的。中国历史上最恶毒的皇后之一贾南风出现在西晋，"贾后干政"带来的恶果是"八王之乱"。西晋这一场骨肉相屠的内讧，其血腥与惨烈，影响之恶劣，大概在中国历史上是无出其右的了。内乱之后，接下来就是"五胡乱华"及"十六国"分庭抗礼，这一时期，是秦统一华夏以来，中原地区最乱哄哄的时期。西晋灭亡后，东晋建立，但已不是一统天下的王朝，仅比后来偏安一隅的南宋管辖的国土面积稍大一点儿。北方的前秦一直有灭掉东晋的雄心。分裂的"十六国"此时已经发展到二十国之多了。

司马氏家族虽然结束了三国鼎立的局面，实现了南北统一，但是，司马氏家族并不擅长治国安邦，而专心于弄权耍阴谋。皇族内部互不信任，互相拆台。其实，皇帝、皇族虽然不要求血统纯正，但也绝不是自私自利的小格局的人可以胜任的。统领天下的人，要学识满腹，胸怀天下，要有为百姓奉献的襟怀，要懂得"水能载舟亦能覆舟"的道理，才能获得国泰民安。（其实，对一个小部门的主要负责人的要求，也应该如此。）否则就如西晋，轰轰烈烈地统一天下，不过几时，接着就呼啦啦大厦倾覆。

西晋是在公元 316 年灭亡的。317 年，琅琊王司马睿在南渡过江的中原氏族与江南氏族的拥护下，在建康（今南京）称帝，即晋元帝。国号仍为晋，因是继西晋之后偏安于江南的，故称"东晋"。

东晋王朝的统治阶层，大部分是由西晋时的遗老遗少、过江避难的中原名门望族与江南的本土士族组成的，他们本身就存在着地域、文化方面的差异，因而一直相互排挤、缠斗。在整个东晋时期，中原士族始终占据着统治的主导地位，南方本土的士族则一直被排斥。斗争由隐秘到公开，最后把东晋王朝折腾散架。公元 420 年，居住在中原的匈奴人刘裕，废掉晋恭帝，建立了宋国，结束了东晋的统治，我国历史上的"南北朝"时期开始。

东晋王朝是门阀政治发展的鼎盛时期，皇权衰落。王、谢、庾、桓四大家族先后支配着东晋王朝的政局。东晋统治者不以恢复中原为执政宗旨，而是任凭门阀大族致力于自己的庄园经营。社会各阶层矛盾重重，各地军、政、民众起义不断。与此同时，长江以北的大部分地区也陷入分裂混战。

这就是干宝的工作环境，也是整个东晋的政治环境。干宝即使有报国之心，也没有报国之力。文人，尤其是小文人，身处这样的政治生态下，大多是先保自身。能不去抱权贵的粗腿、不去陷害良善，就算是好文人了。在恶劣的环境里，有些人会随波逐流，有些人会激发心底藏着的阴险凶恶，有些人会望风遁形隐于山林。只有真正的文化人，会一边冷眼旁观事态，一边把周遭发生的事铭记在心，记录在案。但是，这种文化人，并不是时代的聪明人。那么，在乱世之中，怎样做才算聪明？答案是：乱世之中，怎样做都不会算聪明，也就是说，乱世之中，不会有真正的聪明人。英雄不会被称作聪明人，奸佞小人更不会被称作聪明人。

干宝一边在朝廷司徒府里应对各种风云变幻，一边撰写《搜神记》，躲进神鬼的世界。也许，干宝是那个时期最聪明的人。

干宝必须出来当差，他要有个领薪水的地方，养家糊口。

东晋建立初期，经济发展得不错，庄园经济发展迅速。但政治环境的昏暗，必定会影响经济发展。江南土地广阔，水源丰富，西晋灭亡后从北方迁过来的技术力量和农民劳动力又很充足，理论上经济会有大的繁荣和发展。但东晋由于是王公、士族、豪门垄断着土地，占夺田园山泽，因而贫富差距极大。贫富悬殊是社会的隐患，发展到"朱门酒肉臭，路有冻死骨"的程度，就会引发暴乱。在政权的高压下，民众可能会对饥馑隐忍一时，但是，忍受是有限度的，不可忍时，就会彻底地爆发。鸟儿都可以为食而亡，人也可以为食而造反。

东晋时期的几次农民起义，大多是统治集团的内部斗争和经济斗争交织在一起造成的。最大的一次农民起义是孙恩、卢循起义，持续了十二年，波及浙江、江苏、广东、福建、湖南、湖北、江西、安徽等地。这一次农民起义，加速了东晋王朝的覆灭。

饥饿之下，有人会失去尊严，对持有食物者卑躬屈膝；也有人冻死迎风站，饿死不低头；还有人在饥饿面前激活了自己的潜能和创造力。

干宝为官期间，可能没经受过饥饿之苦，但他一定看到过饿死的饥民。我看过他在《搜神记》里对饥民的描写。

政治环境昏暗，经济环境萧条，必然给文化环境带来深重的影响。这个影响也会使文化走向多元。东晋是一个文化开创、冲突又融合的时代。由于儒教独尊的地位被打破，哲学、文学、艺术、史学及科技纷纷出现革新，有些学说成为独立的学派。当时有本土发展的道教、玄学，北部边疆民族带来的草原文化，西南少数民族文化，还有由印度东传的佛教，士大夫们盛行的清谈、隐士流等。所以，东晋时期出现了中原文化及江南文化和各民族文化融合的盛况，文化繁荣且呈现多元化发展的态势。这是否如民间谚语说的那样——国家不兴文学兴？

中国历史上的几次政治混乱时期，都伴随着文化的多元发展。比如"百家争鸣""建安文学"等。往往是这样，政治上的夕阳余晖，可能是文化的黎明曙光。

干宝就是在这样一个多元文化交融的环境中，被激发了创作欲望的。但是他回避揭露现实，而选择了撰写专讲鬼神故事的《搜神记》。首先，一个具有写作天分的人，绝不会随意赞颂或贬损时代，而是走一条属于自己的写作之路。当然，首先干宝是个博学之人，对儒家学说、道家学说及玄学都熟稔于心，且能融会贯通，活学活用。其次，他的个人的生活经历与社会经验，让他有足够的把握完成《搜神记》的写作。再次，眼前的现实无法碰触，也无法满足想象，所以，鬼神及民间传说的广阔世界，给他提供了尽情驰骋的空间。

突然想起几年前，我和一位长辈坐在一起聊天。他曾经是诗人，现在是儿童文学作家。我问他："您曾是很优秀的诗人，怎么就改写童话和儿童文学了呢？"这位长辈说："嗨，当时在机关里工作，我整个人就像是个机器，领导按哪个启动键我就去干什么事。每天都很忙乱，但都是重复性的工作，一点儿激情和冲动都没有，也不会有什么创作欲望，哪还能写诗？后来觉得，总要找点儿让自己开心一笑的事吧。那时小外孙刚会说话，特别可爱，也好玩儿，我就想起了写童话。写童话和逗小外孙玩一样，让我恢复了童心，在生活中也像孩子一样过。工作时是机器人的状态，而写童话时是孩子的心情，对什么都好奇，写起来也就有兴趣了。"说完他自己先笑了起来，笑得很天真。我还看到他头上的白发，像银丝一样闪光。

此时我想，当年干宝决定写《搜神记》时的想法，是不是和这位写童话的长辈一样呢？

‖ 藏在人群中的"鬼"

　　若想对一部作品透彻地解读，除了熟悉产生这部作品的时代背景之外，很有必要去了解其作者生平和生活际遇。时代背景是诞生作品的土壤，作者的生存环境和情感环境更是生成作品的土壤。任何一部作品都是作者直接经验和间接经验的综合体。直接经验不必多说，就是作者通过自身实践而获得的经验；间接经验是作者通过了解他人生活、阅读书籍而获得的经验。尽管任何一部作品都是作者主观情感的投射，但是如果没有历史的纵深和现实生活的映照，这部作品要么轻浅单薄，要么缥缈可疑。

　　干宝是生活在两晋时代的普通小官，他写过极为现实的编年史《晋纪》，并因此部史书直接呈露当朝的史实，被称作"良史"。而他写的《搜神记》，是用瑰奇、诡异的鬼神和民间传说来验证当时的社会状况，并被称作"志怪小说"的鼻祖。看他的几部作品，好像他是在现实社会与虚幻世界里来回穿梭的人，我则认为，是光怪陆离的现实生活，给了他用鬼神来表现现实的灵感；是《山海经》等前人的志怪作品给他提供了对鬼神世界加以表述的经验。

我想这样概括干宝：活在神鬼世界里的人，藏在人群中的"鬼"。

干宝出生于哪一年？276年？280年？281年？286年？因为没有他的出生记载——用今天的话说，就是找不到他的出生证，于是专家们就用各种资料去考证。生年不详，足以证明他的家庭不够显赫。史料上说他祖父干统是东吴的"奋武将军""都亭侯"。这个"都亭侯"不过是个八品官，相当于一个小镇的镇长。"都亭侯"的食户仅有区区二百户。他父亲干莹是东吴的"丹阳丞"，当时，不过是丹阳县的县令，无军功政绩可查。所以干统、干莹在史册里均不会有太多记载。而关于他祖父和他父亲的姓名及官职，也是《晋书》里讲述干宝生平时带上的一句："干宝，字令升，新蔡人也。祖统，吴奋武将军、都亭侯。父莹，丹阳丞。"

因为干统、干莹这爷儿俩并没有在史册上留下多少的痕迹，也就没人在意他家添丁增口的事了，这给专家们考证干宝出生时间带来了麻烦。根据首都师范大学文学院古代文学系教授张庆民《干宝生平事迹新考》一文中的推测，干宝极可能生于东吴末帝天纪四年（280年）。

公元280年，是中国农历的庚子年，这一年西晋灭掉东吴，实现了南北的统一，是西晋新纪元的开始，为此，西晋更"咸宁六年"为"太康元年"。干宝在这一年出生，我暗自觉得更符合我的个人想象——新元伊始，一代才子出生，多让人称心如意啊。

西晋的统一勉强维持了三十六年，就因贪腐盛行、政风昏暗、内部纷争、外族袭扰及"八王之乱""五胡十六国"等，终致灭亡。

西晋刚统一时，有十年时间是社会秩序比较稳定、政治比较清明、经济发展也较好的时期，史称"太康之治"。这十年也是干宝从一岁到十岁的时期，是他打下学习基础、养成生活与学习习惯的十年，是他成长的重要时期。社会稳定祥和，吃穿不愁，学习也就安心。有史料介绍，干宝自幼聪慧，勤奋好学，博览群书。那么这十年间，干宝是在什么地方度过的？现行的所有史料都说"干宝，祖籍河南新蔡"，祖籍"河南新蔡"，未必是出生在"河南新蔡"，更未必是十岁之前都生活在"河南新蔡"。明代樊维城修，胡震亨、姚士粦纂的《海盐县图经》上说："（干宝）父莹，仕吴，任立节都尉，南迁定居海盐，干宝遂为海盐人。"从这一条说明来看，"河南新蔡"只是祖籍，干宝大概率是出生在浙江海盐的。当然，《海盐县图经》上并没有说清楚干莹是什么时间"南迁定居海盐"的，所以我们也无法考证"南迁定居海盐"时，干宝是否已出生。明代的董谷在《碧里杂存》中云："干宝……海盐人也。按《武原古志》：'去其墓，在县西南四十里，今海宁灵泉乡真如寺，乃其宅基。'载在县志，盖古地属海盐也。"由此可进一步认定干宝是海盐人。我看到的史料中表明，干宝的祖父干统和父亲干莹都是东吴的小官，而海盐是吴地，干宝应该是出生在浙江海盐的。《海盐县志》："东汉建武六年（30年），恢复海盐县名，隶属如故。永建四年（129年），分会稽郡浙江（今钱塘江）以西地为吴郡。海盐县改属吴郡（郡治仍在吴县，即今江苏省苏州市吴中区），隶扬州。三国吴黄武元年（222年），海盐县属吴郡，隶扬州。西晋太康元年（280年），吴地入晋，海盐县属吴郡，隶扬州。"可见，干宝是出生在海盐的，甚至他的父亲干莹也可能是出生在海盐的。

　　按照传统的说法，好像祖籍是哪儿就应该是哪儿的人，这叫不忘乡愁；但是现实中的说法是，在哪儿出生就是哪儿的人，这叫一方水土养一方人。考证干宝的出生地或成长地的目的，是要了解干宝的性情。"河南新蔡"属于北方，北方人的性格大多粗犷、豪迈、直爽、善于夸张；而海盐是南方，南方人的性格是内敛、精细、温和、善于隐喻，遇事时会前思后想，多不莽撞。

　　一个作家的性情，往往会从其作品中表现出来。我直观地认为《搜神记》是南方人所写。

　　西晋永嘉元年即公元307年，干宝二十七岁左右，第一次找到工作，职务是"盐官州别驾"，就是给盐官州刺史当跟班打杂的，也许做一些文秘类的工作。这时他的祖父已不在人世了，他的父亲也退休居家，他的薪水也许是全家的衣食所依。也就是从这个时候开始，他才真正地接触社会生活和政治生活。

　　这时候的干宝是积极向上的青年人，可能是个不相信世上有鬼的"愤青"，心里也还没有过鬼主意，尽管这个时候他可能已经读过《山海经》等神魔鬼怪类的书了。

　　西晋永嘉四年即公元310年，干宝的父亲干莹逝世。干宝将父亲葬于"澉浦青山之阳"。311年，成都的秀才也是"官二代"杜弢起义，史称"流民起义"。干宝辞官，举家迁至海宁盐官灵泉乡（今浙江省海宁市黄湾镇五丰村与海盐澉浦六忠村的交界处），并为父亲守孝三年。313年，守孝结束，他又出来工作。"宝少勤学，博览书记，以才器召为著作郎。"（《晋书·卷八十二·列传第五十二》）

　　"著作郎"是个专修国史的公职，相当于现在"史志办"的专业工作人员。当然,干宝的工作单位是"国史办",而且他本人可能是"国史办"的主笔之一。

有史料上载:建兴三年(315年),参与平定杜弢之乱有功,朝廷赏赐给他"关内侯"的爵位。[1]我翻遍了史料,并没有找到记载干宝参与平叛杜弢起义一事的蛛丝马迹。干宝是个文人书生,不大可能横刀立马上战场。我也没有找到干宝为平叛杜弢起义军出谋划策的证据。他是不是替皇上司马睿写过几篇诏书、檄文?我们来看一下杜弢起义的大致过程。

杜弢起义是西晋时期影响很大的一次起义,被称作"流民起义",发生在311年至315年之间,是蜀郡成都人杜弢领导荆、湘地区的巴蜀流民的反晋斗争。

永嘉年间,来自巴蜀地区的流民多分布在荆、湘之地,屡为地方官吏、土著居民所欺凌、侵害。永嘉五年(311年)春,西晋的湘州刺史荀眺欲以造反罪杀尽巴蜀流民,巴蜀流民四五万户被迫起义反晋。大家共同推举他们的老乡、蜀中才子、"官二代",时任西晋醴陵县令的杜弢为首领。杜弢自称梁、益二州牧,领湘州刺史。四月,杜弢起义军攻长沙(今属湖南省)。五月,荀眺弃城逃

---

1. "平杜弢有功,赐爵关内侯。"见《晋书·卷八十二·列传第五十二》。

奔广州，被起义军擒获。后伪降于征南将军山简，任广汉太守，击毙率众来攻的湘州郭察，南破零陵（今属湖南省）、桂阳（今湖南省郴州市），东攻武昌（今湖北省鄂州市），杀死众多西晋官吏。

建兴二年（314年）三月，杜弢部将王真袭陶侃于林障（今湖北省武汉市蔡甸区东北汉江南岸），陶侃撤往滠中（今湖北省孝感市和武汉市黄陂区以南）。周访救援陶侃，击败杜弢军。建兴三年（315年）二月，王敦命陶侃、甘卓等进攻杜弢，经前后数十战，起义军伤亡甚大，杜弢向司马睿请降，司马睿任命其为巴东监军。然而，晋军诸将依旧不断进攻，杜弢不胜愤怒，杀晋前南海太守王运，重新起义。

杜弢遣部将杜弘、张彦杀临川史谢擒，攻陷豫章。三月，周访击张彦，斩之，杜弘奔临贺（今广西壮族自治区贺州市八步区东南贺街镇）。八月，陶侃与杜弢相攻，杜弢部将王真阵前投降，起义军溃散，杜弢逃走，死于途中。至此，历时四年的杜弢流民起义终于以失败告终。

这个过程里，杜弢的起义军并没有攻进西晋的首都所辖的范围，干宝也没有随军去平叛。我大概是阅读面不够广，没能看到干宝"平杜弢有功"的详细史料，才会感到疑惑的。既然《晋书》上有记载，应该就是真实的。

干宝被封爵关内侯的第二年，也就是 316 年，西晋被匈奴大军灭亡。

西晋是个比较悲怆的王朝。

干宝从少年到中年，经历了许多大的政治混乱和社会动荡——"贾后干政""八王之乱""五胡乱华""永嘉之祸""流民起义"等等。这让干宝深深懂得，皇权是危险的，金銮殿里处处都埋伏着杀机。而皇位的争夺、金銮殿里的杀戮，直接影响着社会的稳定与百姓的生活。

317 年，东晋在南京建都，因初建，没有设置史官。

同年十一月，中书监王导上书说："大凡帝王的事迹，必定要记载下来，写成典籍，永远流传后世。宣皇帝平定四海，武皇帝顺应天命，接受曹魏的禅让，大功大德，足以同古代圣君贤王相比，但他们的传记不见于朝廷府库，他们的恩德未被谱写成乐歌。陛下圣明，作为一代中兴之君，您应着手建立国史，撰写帝王本纪，上陈祖宗的伟绩，下记将相辅佐之功，务必照实记述，为后代树立准则，满足举国的愿望，使人神欢愉，这无疑是天下长治久安的根本。因此，应设置史官，诏令佐著作郎干宝等，逐步撰写集录。"[1] 晋元帝司马睿采纳此建议。

---

1. 参见李强、李斌、梁文倩编著：《儒本道宗，学贯百家：葛洪传》，华中科技大学出版社，2019 年。

在这样的背景之下，干宝开始负责国史《晋纪》的撰写。

说说王导吧，这个对干宝一生影响最大的人。

王导比干宝要年长几岁，是山东临沂人，出身于魏晋名门"琅琊王氏"，祖父是西晋光禄大夫王览，父亲官至镇军将军司马。王导最初世袭了他祖父的封位，后来一些赏识他的朝廷要员建议他到朝廷里任职，什么"秘书郎""太子舍人""尚书郎"，他只是拱手一礼、嘿嘿一笑，不去上任。王导少年时就风姿俊逸、潇洒倜傥，再加上家底厚实，不去上班也不会影响生活质量，上班反倒会搅扰他一贯的散淡快活。

西晋时琅琊王司马睿与王导一向要好，属于互相欣赏、言语投机、志趣相合的挚友。还在西晋时，王导就已经知道天下大乱不可避免，曾劝司马睿离开当时的都城洛阳，回领地藩国琅琊。西晋灭亡后，司马睿在各方簇拥下，在江南即皇帝位，建立东晋。他任命王导为丞相军谘祭酒，谋划军政大事。王导也真是为司马睿这个"铁哥们儿"豁出去了，毅然决然地站出来辅佐司马睿。很快，一切恢复了正常，西晋灭亡给人们带来的恐慌、惊悸等不安因素被平复了下去。社会稳定，百姓安居，政治清明，经济必然获得快速发展。后来，司马睿对王导更加信任与依赖，不断地给王导加官进爵，直至其身位到了一人之下万人之上。

司马睿对王导是言必听、计必从，而王导不仅是东晋开国的第一功臣，还接连辅佐了司马氏三代君主。这期间，也爆发过如"王敦之乱""苏峻之乱"等事件，但都很快被平息了。王导的智慧、忠诚、以国为本、体恤民情，得到了后世的极高赞誉。

王导极其重视人才，提携了很多有才干的、优秀的读书人为国效力，干宝就是其中之一。

王导推荐干宝撰写《晋纪》，使干宝有了发挥自己的才学，释放个性、情怀的机会。《晋纪》共二十卷，全书内容起自晋宣帝，终至晋愍帝，跨度五十三年。该书简略明了，直书史实，又能做到语气委婉，时人和后世都称赞干宝是位好史官。《晋书》中有这样几句话评价干宝与《晋纪》："其书简略，直而能婉，咸称良史。"

所谓"良史"，就是优秀的史官，在记录历史时能秉笔直书，记事有信，不虚美，不隐恶。史上被称作"良史"的，干宝是第二位，第一位是董狐。董狐是春秋时期晋国的太史，就是记录当朝历史的"国史办"的主笔。他不畏强权，坚持记录历史真相，最典型的事件是"赵盾弑其君"。赵盾是晋国的执政大臣，权倾朝野，晋灵公忌惮他，多次准备杀他。赵盾逃走，而其族人赵穿在桃园把晋灵公杀死了。还未逃出国境的赵盾听说后，就转返回来。董狐记录此事，写下"赵盾弑其君"，并公示天下。赵盾在晋国威望极高，但他对董狐也带着三分敬畏。他为自己辩解说，国君是赵穿所杀，与自己无关。董狐的回答义正词严："子为正卿，亡不越境，反不讨贼，非子而谁？"意思是赵盾作为执政大臣，在逃亡未过国境时，原有的君臣之义就没有断绝，回到朝中，就应当组织人马讨伐乱臣，不讨伐就未尽到职责，因此"弑君"之名应由赵盾承担。这是按写史之"书法"决定的。孔子曾夸赞董狐："董狐，古之良史也，书法不隐。"

历史上史官的职责与今天的史志办工作人员不同，今天的史志办是分工精细后的一个小机构，只负责记史。而历史上的史官，主要职务是皇帝的大秘书，对各种文件的起草、发布等都要参与；既要记录历史，更要实录当朝、当世的各种人事变化与事件的起因、过程、结果，还要协助制定、颁布法律条文。所以，那时的史官要成为"良史"是很难的。当然了，任何时期要做个"良史"都不容易。

干宝被赞为"良史"，足见《晋纪》的内容真实、扎实，不避权贵。"直而能婉"，"直"就不需多阐释了，这是史官成为"良史"的硬件；"婉"是不是表明了史官个人对历史事件的态度呢？记录历史者，应该不应该有自己的态度？众说不一。我看，撰写《史记》的司马迁，就是个态度明确、主观意志强大的史官。

关于干宝写的《晋纪》，我没读过，也没有资格去谈论，但我相信他是一个"良史"。

东晋时的风流名士刘惔评价干宝："卿可谓鬼之董狐。"南梁时文学家刘勰在《文心雕龙》中这样评价干宝的《晋纪》："干宝述纪，以审正得序。"好了，关于《晋纪》的评价历史上有很多，这里就不一一列举了。

有史料载，干宝曾写过一篇《驳招魂议》，我没找到这篇文章，不知道是不是与屈原的《招魂》有关。如果这是干宝读了屈原《招魂》而写成的文章，我就会认为屈原是对干宝影响很大的人。不过干宝比屈原能"婉"，不会怀沙沉江。

干宝曾去职还乡，但是因为生活实在窘迫，于太宁二年（324年）请求朝廷给他安排个工作（估计还是找了王导，求其帮助找了份工作吧）。他被任命为山阴（在今浙江省绍兴市）县令，又于325年被升任为始安（今广西壮族自治区桂林市）太守。327年，王导请朝廷任命干宝担任司徒右长史。334年，王导继续提拔干宝，升其职为散骑常侍，兼任著作郎。这时，距离336年干宝去世，仅剩两年。

干宝的官府生涯是"三进三出"。从低级别的小官儿到中央丞相府，从文史官员到地方行政官员，应该说生活经历、职场经历都足够丰富。依我看来，什么样的官是好官，什么样的官不是好官；什么样的政治环境下百姓会生活得好些，什么样的政治环境下百姓想造反……对这些他心里都很清楚。最重要的是，他知道在官府里怎样做才既赚到足够的薪水养家糊口，又不惹是生非，能在喧哗的人群中保持精神的独立。在政治动荡的环境里，能全身而退，凭的不是一腔热血，而是为人处世的智慧。

干宝做地方官时，大概已经搜集了足够多的民风民俗、传说传奇、乡间异事。在官场的所见所闻，与在市井之中又有不同，这也为他写成《搜神记》奠定了扎实的基础。

人的一生很短，但会走很长的路，途中会遇到天黑走夜路的情形，日头下赶路也好，走夜路也罢，总会遇到各种各样"鬼"形的人与人形的"鬼"。

干宝从十岁到五十六岁，大概走得最多的就是"夜路"。杜甫有一句诗："路幽必为鬼神夺。"嗯，幽暗的路途鬼神也喜欢呐！

‖ 欲述苍生借鬼神

2020 年冬天，北京下第一场雪时，我正琢磨怎样能把对《搜神记》这部书的解读写得好看、耐看、有情趣、有襟怀，能把我心中的干宝与《搜神记》贴切地表现出来。冥想中，坐在窗前看雪花一层一层地飘落，大地一点一点地变白。我并不是仅仅为大地被遮盖而喜悦，而是更喜欢落雪时的一种特殊的宁静。我是在东北长大的，冬天看不到雪，情绪会变得焦躁。有一年，整个冬天北京都没下雪，我还写了一首短诗《苦冬》，诗中有一句："雪不来 / 我就不安静"。而此时窗外的雪，并没有让我安静，因为我在想"鬼"，想干宝笔下的《搜神记》里的"神鬼"，嘈杂、喧闹、苦痛、委屈、爱恨情仇，应有尽有。

窗前坐久了，天已经黑透了，身体感觉到有些凉，突然浑身一激灵，我立即睁大眼睛向窗外看，是不是有鬼来造访。大地一片洁白，没有行人，也就没有脚印。我想起读过的一本什么书上说：人看不到鬼的身形，却能看到鬼在雪地上留下的脚印。我盯着窗外看了一大阵子，也没有看到鬼的脚印。我想：要么是今晚鬼没来，要么是我识鬼的功力还不够。

我离开窗前，穿上了一件厚衣服，泡杯热茶，抽上一支香烟，拿起笔顺手在笔记本上写下四句顺口溜：夜近雪忽来，阴气盈满怀。独坐思神鬼，大地一片白。

历史上写鬼神的诗文有很多，但都是作者心系苍生借鬼神说事儿，或者制造一个幻境，来安慰自己失望的魂灵。最典型的是唐代李商隐的七绝《贾生》，摘录在此一读吧："宣室求贤访逐臣，贾生才调更无伦。可怜夜半虚前席，不问苍生问鬼神。"贾生指的是汉朝的贾谊。贾谊是汉文帝时期的一位重要谋士，官至太中大夫，也是一位大学问家，文史哲皆精通。诗中说：汉文帝深更半夜宣召贾谊入宫对坐，皇帝竟弓腰屈膝凑到贾谊身边，询问怎样才能长生不老。贾谊很惊愕，他原以为皇帝是要问天下苍生的事呢。李商隐这首诗，显然是借古讽今，借贾谊说自己。因为在李商隐生活的时代，晚唐皇帝也是荒于政务，不问天下苍生疾苦，一心想求仙问道，欲长生不老。当然了，诗中也流露出诗人怀才不遇的愤懑。

干宝为什么要写《搜神记》？他也有贾谊的惊愕与愤懑？我认为不会。干宝在官位上做得还算得心应手，虽无大的政绩，但也没有太窝心的事。不过，他也耳闻目睹了皇帝"不问苍生问鬼神"的行状。只是他并不为皇帝着急，也无力为苍生着急。于是，他的状态有点像孟郊的一首诗中所描述的样子："禅心三界外，宴坐天地中。院静鬼神去，身与草木同。"

干宝是哪一年开始写《搜神记》的呢？应该是永嘉五年（311年）开始准备写作素材的。这一年，干宝去官回家为父亲守孝。三年的守孝时间，也是干宝大量搜集民间神鬼故事与传说，并整理、创作出一部借鬼神说人事的书的三年。有一个最有力的证据，就是干宝自己为《搜神记》做的两段"广告"。尽管这两段"广告"被《晋书》当正史资料载录，但我仍然相信，这两段话都是干宝自己对众人宣讲过的。

《晋书·卷八十二·列传第五十二》："宝父先有所宠侍婢，母甚妒忌，及父亡，母乃生推婢于墓中。宝兄弟年小，不之审也。后十余年，母丧，开墓，而婢伏棺如生，载还，经日乃苏。言其父常取饮食与之，恩情如生，在家中吉凶辄语之，考校悉验，地中亦不觉为恶。既而嫁之，生子。"

我用现代汉语把这段文字演绎一下：

干宝的父亲干莹生前，有位十分疼爱的宠妾。干宝的母亲对这位小妾很是妒忌、憎恨。干宝的父亲去世时，干宝的母亲就把这位小妾推入干莹的坟墓里，活埋殉葬了。那时，干宝及兄弟还很年幼，不清楚父母及父亲的小妾等长辈的事。过了十几年，干宝母亲也病逝了，干宝与兄弟打开父亲的坟墓，准备把母亲与父亲合葬，却发现那位小妾竟然伏在棺材上，容貌与活人一样。干宝与兄弟用车把这位小妾载回家，过了一天，她竟然苏醒过来，并对他们说，他们的父亲在地下依然常给她饮食，对她的恩爱之情一如过往。这位小妾还能把家中这十几年来所发生的一切一一说出，如在现场一般准确无误。她甚至还得意扬扬地说，在坟墓里生活一点儿也不觉得难受。

对此，干宝与兄弟也没觉得惊骇。过了一段时间，他们将父亲的这位小妾改嫁给了他人，她还和再嫁的丈夫生了个儿子。

这段文字的原始版权一定是属于干宝的。我认为，干宝编造这样一段发生在自己家里的故事，就是为了现身说法让人们相信世间存在鬼神，相信他的《搜神记》里记载的都是可靠的故事。

《晋书》里还有一段文字，也是干宝给自己做的"广告"。《晋书·卷八十二·列传第五十二》："宝兄尝病气绝，积日不冷，后遂悟，云见天地间鬼神事，如梦觉，不自知死。"

我再演绎一下：

干宝的哥哥曾因为得重病气绝身亡了，但是许多天尸体不凉。在下葬之前，哥哥又醒过来了，说自己见到了天地间鬼神的许多事，现在如同做梦醒来一样，并不知道自己死过。

干宝只有一个哥哥叫干庆，因为没有政治身份，也没有做过什么惊世骇俗的事，所以《晋书》连他的名字都没记。（有史料说，干宝的哥哥干庆曾是西安县令。我认为不可靠，故不采纳。）由此可见，干庆也仅是草木一生，没给历史留下任何痕迹。上面这段死而复生并去鬼神世界云游的故事，只能是干宝编造出来的，目的还是让人们相信《搜神记》。

干宝博学广闻、多才多艺，熟读《山海经》《春秋》《左传》《周易》，对阴阳术数、五行占星也非常精通，研究过西汉时的《周易》专家京房（原名李君明）和西汉儒学大师夏侯胜的传记，写过《春秋左氏义外传》《论山徙》《周官礼注》《干子》《百志诗》等，注释过整本的《周易》。怎么到了写《搜神记》，就缺乏自信地自己给自己做广告了呢？我想，因为他并不是完全辑录前人留下的故事，不是照搬民间搜罗来的诡异的故事，而是自发地进行了文学创作。文学创作是极端个人化的行为，那时，人们虽然能够接受鬼神的存在，但要写一本"鬼神新编"，且不仅是讲故事，还要影射社会问题、百姓生活，就很不容易被接受，甚至还会遭到诟病。那么，作者就要先对这部书进行预热，编两段看似玄幻，却讲得真切的故事，让大家接受。于是，《晋书》的编撰者就信了，记录在案，并断定："宝以此遂撰集古今神祇灵异人物变化，名为《搜神记》。"意思是：干宝就是因为家里发生了这两件怪诞的事，才开始收集古今鬼神的故事及灵异人物的传说等，辑成一书，名为《搜神记》。

《晋书》对干宝撰写《搜神记》的缘由似乎说得没错，只是落入了干宝设计的陷阱。

为什么写《搜神记》，干宝在《序》中如是说："虽考先志于载籍，收遗逸于当时，盖非一耳一目之所亲闻睹也，又安敢谓无失实者哉！卫朔失国，二传互传其所闻。吕望事周，子长存其两说，若此比类，往往有焉。从此观之，闻见之难，由来尚矣。夫书赴告之定辞，据国史之方册，犹尚如此，况仰述千载之前，记殊俗之表，缀片言于残阙，访行事于故老，将使事不二迹，言无异途，然后为信者，固亦前史之所病。然而国家不废注记之官，学士不绝诵览之业，岂不以其所失者小，所存者大乎？今之所集，设有承于前载者，则非余之罪也。若使采访近世之事，苟有虚错，愿与先贤前儒分其讥谤。及其著述，亦足以发明神道之不诬也。群言百家，不可胜览；耳目所受，不可胜载。今粗取足以演八略之旨，成其微说而已。幸将来好事之士录其根体，有以游心寓目而无尤焉。"

干宝的这篇序文，开宗明义，大声宣告：我干宝撰写《搜神记》的目的，就是告诉人们"明神道之不诬也"，"访行事于故老"，"采访近世之事"，强调"耳目所受"，证明在这世上鬼神是确实存在的，而非虚妄骗人的。

听听，这世上是有鬼的！对此类现象，鲁迅先生说："中国本信巫，秦汉以来，神仙之说盛行，汉末又大畅巫风，而鬼道愈炽；会小乘佛教亦入中土，渐见流传。凡此，皆张皇鬼神，称道灵异，故自晋迄隋，特多鬼神志怪之书。"（鲁迅《中国小说史略》）鲁迅先生是眼利嘴毒，一语道破鬼神文化产生的背景。受政治昏暗、社会风气混乱、人们普遍信仰缺失的影响，一些士大夫在思想上崇尚虚无，在行动上追求隐逸，精神上则寻求超现实的寄托，而鬼神恰好是若有若无的，既可以虚实相混，又可以让自己容身其中。

鲁迅先生说的话，干宝没有听到，干宝说的话鲁迅听得很真切。所以，鲁迅先生说："凡此，皆张皇鬼神，称道灵异。"

好吧，我们姑且把鲁迅的话放在一边，顺着干宝的主张去相信"有鬼"，以便耐心地读《搜神记》。

那么，该不该相信世上有鬼？有不少人竟认真地做过考证，认为这个世界上真的有鬼。这里我引一段颇有"科学考证"架势的资料——一篇署名"任如居士苑"的文章，标题为《揭秘中国鬼文化起源之谜》，现摘文中部分文字如下：

福斋书虫认为，鬼曾经是一种真实存在的动物，它们给人类确实带来过深深的伤害。并且事实上考古学家已经发现了很多鬼化石，只不过一直以来，人们认为这是人类祖先的化石。

1856 年，在德国的尼安德峡谷发现一具奇特的类似人类的骸骨，将之命名"尼安德特人"。之后在欧洲、亚洲和北美洲都大量发现这种生物骸骨、牙齿和生活遗迹。中国著名的"北京人"，绝大多数是在洞穴或者岩棚（山岩峭壁的凹陷部）内发现，所以又被称为"穴居人"。人类学家一直认为穴居人就是现代智人最亲近的祖先。但是随着近些年 DNA 技术的发展和人类基因工程的进展，科学家们发现穴居人与现代智人的基因有着本质上的不同，穴居人在某些方面的进化程度甚至超过现代智人，现代人并非由穴居人进化而成。现代人类的基因至少有 15 万年的历史，人类的祖先智人曾经和穴居人长期并存于地球上。并且穴居人最终很有可能正是被真正的人类消灭的。

书虫认真观察中国早期典籍关于鬼的记载，发现最新研究的穴居人特征与祖先传说中鬼的形象基本相符。

穴居人是鬼？我们的祖先不是从穴居里走出来的吗？我们都是鬼的后代？

如果干宝看过此文，也会大喊"要相信世上有鬼"了吧！

我已在前文中论述，《搜神记》写的是人间的"鬼事"。在干宝的序文中也可见他的几招"太极推手"："今之所集，设有承于前载者，则非余之罪也。若使采访近世之事，苟有虚错，愿与先贤前儒分其讥谤。"瞧瞧，各位看官："我现在辑录的这些神鬼之事，是集成古人的成就，有什么不妥，也不是我干宝的错啊！近些年，我访问得来的近世的事情，如果有什么不妥，那我也要和古人一起分担骂名。"然后话锋一转：我干宝写这些东西，不过是"以游心寓目而无尤焉"。哈哈，写《搜神记》是为了供各位看官赏心悦目、获得审美情趣而已。鬼神的真假，人间的虚实，各自获得各自的认同吧。

这句"以游心寓目而无尤焉"，被文学理论家们认定为中国最早的小说理论，即小说写作要虚实相间，其写作目的是为了让读者获得审美愉悦。本文不是要讨论小说写作，所以关于《搜神记》序文中的此句是否为小说理论的发轫与开端，就不在这里赘述了。

《搜神记》有虚有实，虚的部分是鬼神的事吗？实的部分是苍生百姓的事吗？

干宝是"良史"，有着对历史的忠诚与责任感。我坚信《搜神记》是以纪实为主的，尽管其中使用了"混虚实"的手法，但是仍然无法遮掩作者记录当时百姓生活的目的。干宝强调"耳目所受"，"访行事于故老"，"采访近世之事"，这些都是实实在在的事。他是以"实"为出发点，用"虚"作掩护，使作品中某些神怪之事折射出一定的现实感，这才是他创作的初衷。《搜神记》中如《李寄斩蛇》一篇，塑造了智勇双全、为民除害的李寄的形象；《嫦娥奔月》则表达了普通百姓对美好生活的向往。而《无颜帕》则从侧面反映了"永嘉之乱"给社会带来的混乱与不定，以及给百姓的生产、生活带来的极大破坏。"混虚实"其实是"以虚遮实"的创作手段而已。

如果只把《搜神记》当作鬼神故事来看，哈哈一笑，了然一空，显然是辜负了干宝的良苦用心。清朝初年的蒲松龄，如果不是受《搜神记》影响，大概也写不出《聊斋》来。蒲松龄甚至说："才非干宝，雅爱搜神。"我用今天的话替蒲松龄说一遍："我的才华远不及干宝，我非常喜爱他的《搜神记》。"蒲松龄是把干宝的《搜神记》作为自己写作研习的范本，是《聊斋》的写作指南。《聊斋》是写鬼神吗？你我心知肚明。

毫无疑问，干宝是借助《搜神记》中的神仙鬼怪故事来阐释人生哲理，反映现实生活，并把自己的人生理想、生活态度渗透其中。蒲松龄也是这样。

写到这里，又想起李商隐的那首诗《贾生》，我想献拙步其韵套改成一首诗，送给干宝：

身处两晋尽人臣，

著史铁卷应无伦。

可惜未遇升平世，

欲述苍生借鬼神。

‖《搜神记》的几个版本及影响

《搜神记》又名《搜神录》《搜神异记》《搜神传记》等。我们今天看到的《搜神记》，并不是干宝的原著。《晋书·干宝传》载：干宝"撰集古今神祇灵异人物变化，名为《搜神记》，凡三十卷"。但原书（大约在宋元时期）早已散佚，我们现在看到的故事，是明代学者胡应麟从隋末唐初虞世南的《北堂书钞》，唐代道世法师的《法苑珠林》、欧阳询等人编纂的《艺文类聚》、徐坚等人撰集的《初学记》，宋代李昉等人编纂的《太平御览》等诸类图书中择取辑录而成。现全书只有二十卷，仅四百五十四则（篇）故事。那么，从东晋完成的版本到明代中后期胡应麟辑录所成的版本，这长达一千年的历程里，经过了多少人的增改？胡应麟在辑录的过程中，是否也做过增改？答案是肯定的。今天的《搜神记》一定被增改过无数次！这种现象在历史上是常有的。那时，既没有"著作权法"，也没有"版权"一说。有些文人觉得这书好，但又觉得有些缺憾或不如自己的意，便提笔信手增改，然后再传播出去，以此"以讹传讹"。好一些的情况是增改者会尽量保持原书原貌，而不负责任人的就会将其改得面目全非。

不过，现存的《搜神记》既然是胡应麟辑录的，在保持原书原貌方面可靠度应该是很高的。说说胡应麟这位大才子吧。

胡应麟是明代万历丙子的举人，是明代中叶著名的学者、诗人、文艺批评家和诗论家，是明代中后期"末五子"之一。他是浙江金华府兰溪县城北隅（在今浙江省兰溪市）人，和"芥子园"主人、大才子、出版家李渔是同乡。他在文献学（藏书家）、史学、诗学、小说及戏剧学方面都取得了突出的成就。他的一部对后世影响很大的著作《诗薮》，大概是历代诗人、作家和文学理论家的必读书。他做学问严谨，为人和善，尊重所有著书立说的学人才子，他还曾著有一部专门教人辨别图书真伪的著作《四部正讹》。所以，胡应麟辑录的《搜神记》，基本可以相信，是在最大程度上保持了流传至当时的原著样貌的，他最多在此基础上做了一些校勘的工作。但是，在胡应麟之前，是否还有人动过手脚，就不得而知了。或者说，即使被前人动了手脚，我们也只能将其当作干宝的原著了。

那么，《搜神记》现存多少个版本？常见的《搜神记》有如下几类版本：一是明代毛晋《津逮秘书》本二十卷；二是明代何允中《广汉魏丛书》本八卷；三是明代商濬

《稗海》本八卷；四是清代马骏良《龙威秘书》本八卷；五是明代樊维城《盐邑志林》本二卷；六是明代沈士龙、胡震亨《秘册汇函》本二十卷；七是《四库全书》本二十卷；八是清代张海鹏《学津讨原》本二十卷；九是胡怀琛标点版（以崇文书局《百子全书》本二十卷为蓝本）；十是《丛书集成初篇》本二十卷；十一是《说郛》宛委山堂本一卷。

好了，这是明清之前的十一个比较流行的版本，而今天各大网站和地面书店销售的《搜神记》，版本更多。但是核心内容，基本上是胡应麟辑录的二十卷本。现在各网站和书店销售的《搜神记》中，有些版本被译成了现代汉语，翻译的水平就参差不齐了。这里，我也不能说哪本译得好，各位想读的，自己去辨别吧。

现在市场上流通的《搜神记》，我认为有三个版本相对而言是比较好的。首先是汪绍楹校注的版本；其次是中国人民大学文学院教授李剑国先生辑校的版本；再次是清华大学中文系教授马银琴女士译注的版本。这三个版本都是中华书局出版的，李剑国先生的辑校版本，基本上是在汪绍楹先生校注版本基础上的拓展。

李剑国和马银琴二位教授的身份都有出处，唯独找不到汪绍楹先生的出身。我在寻找汪绍楹先生身世的时候，看到了一篇怀念汪绍楹先生的文章。读完之后，心有戚戚。

文章是曾任中央文史馆馆员、中华书局编审的程毅中先生写的。文章虽然不长，但和《搜神记》无关的部分，我还是要截去。下面我把文章中介绍的汪绍楹先生校注《搜神记》的有关情况[1]录在这里，也许对我们解读《搜神记》有大益处：

> 汪绍楹先生整理的古籍很多，除了《太平广记》、《艺文类聚》两部大书以外，还有《搜神记》、《搜神后记》等，也是人民文学出版社或其副牌文学古籍刊行社约的稿，转到中华书局后压了好多年。直到1978年，我们才发稿出版。这时，汪先生已经去世了。《搜神记》的今本源流不明，真伪莫辨，一向成为疑案。鲁迅说它"是半真半假的书籍"（《中国小说历史的变迁》）。余嘉锡则说："余谓此书似后人缀辑，但十之八九，出于干宝原书（此但约略就其可考者言之）。若取唐宋以前诸书所引，一一检寻，尚可得其出处，与他书之出于伪撰者不同。"（《四库提要辩证》）汪先生在校注时广征

1. 载《书品》，中华书局，2003年第6期。

博引，逐条与各种典籍他校，考源钩沉，寻求旁证，对本书的真伪作了切实的考订。虽然有若干条未见他书引作《搜神记》，但是已经可以说明其"与他书之出于伪撰者不同"，大致与余嘉锡先生的考证相近，只是能确认出于干宝原书的还不到"十之八九"。

《搜神记》出版之后，很受读者欢迎。第一版印了五万二千册，不到一年就卖完了，第二年就再次印行，到1985年第三次重印，已印了近二十万册，这是出乎我的意料之外的。我们继续发了汪先生整理的《搜神后记》，也印了不少册。据我所知，当年人民文学出版社约稿时都是预付稿酬，类似一次性买断的书稿。现在出书后销路很好，学术界反应也很好，我总想送几本样书和补发一些稿酬给作者家属，可是始终没有找到他家的后人，这事也使我久久不能忘怀。听说，汪先生出生于一个中医世家，家庭生活十分优裕，始终没有就业，后来家道中落，所以就当了一个古籍整理专业户。汪先生整理的古籍，至少还有一本人民文学出版社的《昭昧詹言》。此外，可能还有一些没署名的。我希望有知情的人能多介绍一些情况，以表对这位为古籍整理做出过不少贡献的专家的敬意。

　　此文读罢，我对汪绍楹先生真是由衷地敬佩。我国二十世纪五六十年代，为出版社编勘校古籍书稿的稿酬是多少呢？千字三毛！尽管那时三毛钱的使用价值要高于现在许多倍，但是，汪老先生显然不是或不完全是为了"千字三毛钱"。他对中国文化古籍像对家传宝贝一样热爱，这才是真正的动力。汪老先生无声无息地走了，为我们子孙后代留下了丰厚的文化宝藏。还好，有程毅中这样的先生，还能记得并书写汪绍楹们。

　　我读过一篇写《搜神记》的文章，写得很抒情，意味性和趣味性俱佳。抒情和趣味都是为唤起读者的阅读兴趣。其中关于读史一节，我很喜欢，录在此，与诸君共赏：

　　　读史，读人世之钩沉，犹如明镜照骨，自省然后识理。竹帛之上，书写的是中华民族从未断绝过的文化结晶，史在则国在。繁文琐事皆是妙笔，动情时喜怒哀乐随之涌动，实在是妙趣横生。

读了这段文字，大概会有人对"读史"产生欲望。

还有最后一段也写得好：

> 行到水穷处，坐看"文"起时，读书本是自在洒脱的事。数点梅花天地心，于书中所得的乐趣，一支秃笔难以尽数。然而作为古代文化的瑰宝，文学传承至今，所积者瀚如星海，名作佳句浩繁，亦有无数奇文异作掩于尘埃。吾等同仁爱书、惜书之余，择其中挚爱之卷与众书友分享，其时于修正、补缺，乃至书部取舍颇费一番功夫。此中辛劳百味不再赘述。望诸位书友细心品读，若能从中有所得，亦是对吾等无限慰藉。
>
> 甲午年丙寅月壬申日 龙头节

这段文字很见古典文化功底，也能看出撰写之人必是饱学之士，其对读书的热爱，跃然在字里行间。这一定是当代人写的，也一定是当代的读书名流。怎么说呢？我就挤出一句酸词儿吧：深谙我心！

前文还曾提到有一部《搜神后记》。《搜神后记》共十卷，署名"陶潜"。这毫无疑问是后人假托陶潜之名的伪作。该《搜神后记》无论是内容，还是文笔，尤其是寓意，都无法和干宝的《搜神记》相提并论，更不可能是大诗人陶潜所著。陶潜虽然理想化地一心向往做隐士，与社会断交，但是，人类的大多数理想都是骗子。陶潜没有完全实现自己的理想，也没和鬼神打过交道。《宋书》中这样说陶潜："不堪吏职，少日自解归。"意思是：陶潜不愿意做官，不久，就自己辞职归隐乡里了。所以，陶潜和鬼神没关系，和《搜神后记》也没有关系，这里就不再讨论了。历史上许多"后传""续集"等，大多是狗尾续貂。

书商们找人捉刀代笔、假托名人之作的现象，至今还有。有盗版，就会有欺世盗名。在利益面前，什么事儿都有人冒险去做。

《搜神记》在我国历代志怪小说中有着耀眼的光芒，主要是因为作者干宝对上古以来的神话传说、对他所生活的时代、对黎民百姓都很热爱。有了热爱，就有了动力，所以，他在这部书中既有对历史遗留的继承，又有他自己的文学创造。或者说，是对前秦以来至魏晋时期的神鬼故事及民间传说，进行了创造性的继承。可以说是远承了上古时代的神话传说，近继先秦两汉史书及诸子百家著作中的神鬼妖异故事，下开唐代传奇和宋代评话中"烟粉灵怪"故事的先河，一直深远地影响到元、明、清三代的小说和戏剧文学。而明清的笔记小说，则可以说是《搜神记》的嫡传后代。

魏晋南北朝时期，诞生了很多志怪作品，但是都无法和《搜神记》比肩。原因是作者本人的美学素养和"三观"不及干宝。作者有什么样的美学素养，作品就会有什么样的品质。反正我不相信一个猥琐卑鄙的人，能写出一部厚实宽阔的作品。我相信"文如其人"。除了作者的修养和人生观之外，还要看"技术"。文学创作是一门技术活儿，尤其是写作志怪小说，需要强烈的夸张、丰富的想象和神奇的幻想等。不懂技术的人，很难把作品写得好看、耐看，也没有美感。就像一架钢琴，任何人都可以把钢琴弹响，但不是谁都能弹出美妙的乐音，并能让所弹乐音撩拨他人的心弦。

《搜神记》被称作中国志怪小说的鼻祖，足以说明它的历史地位。它的语言干净准确、雅致清峻、曲径幽情，是"直而能婉"的典范。尽管书中许多篇章，用今天的要求可以说"小说完成度"不是很高，但是，它的小说理念，修辞技法，铺陈、渲染手法等，尤其是情节虚构、细节真实、人物刻画等方面，已经为今天的小说树立了榜样。

好了，关于《搜神记》的一般问题，我就说到这里。

各位看官，且看我对具体篇章内容的解读，也许能读出另一本《搜神记》来。

‖ 鬼神在人的世界里怎么了？

《搜神记》是志怪小说，"志"在古汉语里的解释是记录、标记。"志怪"一词就是"记录怪异事物"的意思。"志怪"一词最早是出于《庄子》："《齐谐》者，志怪者也。"《搜神记》就是一本以记录、叙述神异鬼怪故事为主要内容的书。把这部书称作小说，虽然有些勉强，但这部书也确实具备了作为小说的诸多要素。有些篇章的故事和人物形象还是很完整的。

自古以来，所谓著书立说者，无非是用一己之见告知于读者，如何明是非、辨善恶。或以载道的面孔，或以寄情的姿态，也有扮成解惑者或启发者的。尽管每一部书都会呈现出独特的样貌与情境，但是哪怕千万种样态，最终还是要说：人活在这个世界怎么了？作家们无论用什么样的面孔，或摆出怎样的姿态，其目的都是一个：我有话要对这个世界（人间）说！

干宝撰写了这部《搜神记》，四百五十四个故事，有精灵物怪、神仙卜梦、人鬼相恋、神鬼相斗等等，看似彼此间联系不大，谁都不挨着谁，但是，结合起来看，还是那句话：人活在这个神鬼横行的世界里怎么了？神仙鬼怪活在人世间又怎么了？

好吧，我现在就把目光对着《搜神记》里的所有篇章，看看书中这些鬼神怎么了，看看在鬼神身边活着的人们怎么了，再借《搜神记》中的九十六个故事，聊聊人情世故，看看古今异同。

壹·人的神化

《搜神记》的第一卷以讲述晋代之前的民间传说和神仙术士的奇异变化等为主。

　　我从本卷中选取了十则故事，第一个故事中的主人公就是上古时代对华夏民族的形成具有深远影响的人物——神农氏。子舆、宁封子、彭祖、葛由……这些人物原本可能只是生活在上古某一个时期的寻常人物，负有某种职责或具有某类天赋。可是他们大约做了不同寻常的事情，因而被后人神化了，于是其事迹在历朝历代中作为神话传奇保留了下来。而他们的形象也从凡人演化为了神仙。至于冥冥之中会报复人的小乞丐、与织女相恋的孝子董永，他们在故事中也是凡人，可身上发生的事情也异乎寻常，可能蕴含着讲故事的人"善恶有报"的朴素的爱憎情感和因果观念。

神农鞭百草

神农以赭鞭鞭百草，尽知其平毒寒温之性，臭味所主。以播百谷。故天下号"神农"也。

【大意】神农用一根红色的鞭子抽打各种花草树木，就知道各种花草树木有毒还是无毒，性寒凉还是温和，还能辨识各种气味。他教会人们种植各种农作物，所以被尊称为"神农"。

全文只有两句话，表面上看就是为了介绍神农为什么叫"神农"，然而其中的信息量却不简单。神农是中国上古时期的"五帝"之一。（也有史料说，神农和炎帝是同一个人。）关于神农的传说虽然有几个版本，但内容大致差不多，也已经是妇孺皆知。这两句话中，留下几个需要解读的问题：赭鞭是什么？哪儿来的？神农为什么用赭鞭抽打百草，而不是尝百草？怎么发现百谷可以播种的？

我试着把故事说完整一点儿，但也未必就把它变成了一篇具有现代意义的小说：

神农最初的名字也许叫赤。他身高两丈，长着大手大脚，面红，胡须也红。他是部落首领，要负责全部落人吃饱肚子的问题，保障部落全体人员的健康与安全。

狩猎和采摘浆果，很难保证全部落人都能吃饱肚子。一日，他看到一只鸟儿，用喙叼着一棵草，飞落在地上吃草籽。他赶走了那只鸟儿，并喊来部落里的人一起用木棍在地面上耙出一条沟，然后把草籽埋在沟里，再覆上土。第二年，埋在地下的草籽就长出了苗，并结了很多可食用的籽。于是，他就号召大家到野外去多采摘这种草籽，回来如法种植。这就是后来的"谷"。

部落里的人经常生病，眼看着这些生病的人痛苦地死去，赤和大家都束手无策。一次，赤的肚子很痛，他就跑到野外找各种草试吃。吃到一种苦味的草，肚子就不疼了。后来他尝了更多的草，还有甜的果、酸的枝，并让生病的人试吃，总结出哪些草、果、枝可以治疗什么病。

部落里的人认为这位首领是天神，教会他们种谷，解决了吃饭问题，还能用花树木草治病。他就是"神农"！

至于红鞭子，可能是为了找各种花草方便，赤手里拿着的一根红色的树（藤）枝条。我猜，可能后来赤觉得大家都叫他"神农"了，可以掌管一方农业了，而他手中拿的枝条，也当然不能被当作普普通通的物件了。于是，他就对大家说："有一天夜里我做梦，上天的神仙把我召唤到天上，让我保护咱们的部落，并赐给我这根红色的神鞭。醒来后，果然身边就有了这根红鞭子。"

于是，全部落的人齐声山呼："伟大！伟大！"从此，神农的部落不断壮大，逐渐成为中原的霸主。

雨师赤松子

赤松子者，神农时雨师也。服冰玉散，以教神农。能入火不烧。至昆仑山，常入西王母石室中，随风雨上下。炎帝少女追之，亦得仙，俱去。至高辛时，复为雨师，游人间。今之雨师本是焉。

【大意】赤松子是神农时期主管布雨的人，被称作"雨师"。这个人服用一种药物，叫"冰玉散"，还把这种药的服法教给神农，吃了之后哪怕钻进火里也不会被烧伤。他行至昆仑山一带，常常钻进西王母的石洞室里去，能随着风雨在天上地下来回地走。炎帝的小女儿跟他学得道法，也成了仙，追随他而去了。到了高辛帝统治的时期，他再次出任雨师，在人间游荡。他就是现在雨师们的祖师爷啊。

这个故事还算完整。不过这种"冰玉散"，很像东汉时张仲景配制的"五石散"，今天也有类似五石散的药。在火里走不被烧伤，我国西南地区少数民族聚居地中也有这类表演。

赤将子舆

赤将子舆者，黄帝时人也。不食五谷，而啖百草华。至尧时，为木工。能随风雨上下。时于市门中卖缴，故亦谓之缴父。[1]

【大意】赤将子舆这个人，是黄帝时期的人。他不吃五谷杂粮，只吃花草。到了尧帝时期，担任木匠。他能随着风雨在天上地下来回地走。经常到市场上去贩卖丝绳，人们都称他为"缴父"。

这段文字来源于西汉刘向的《列仙传》，刘向的原文如下：

赤将子舆者，黄帝时人。不食五谷，而啖百草花。

---

1. "华"是"花"的通假字。"缴"是系在腰间的一种生丝绳子，或者是系在箭上的丝绳。

至尧帝时，为木工。能随风雨上下，时时于市中卖缴，亦谓之缴父云。

蒸民粒食，熟享遐祚。子舆拔俗，餐葩饮露。

托身风雨，遥然矫步。云中可游，性命可度。

干宝在《搜神记》中为什么要把后面四句删去？后面四句的意思是：老百姓吃五谷粮食，都要做熟了之后吃。唯独子舆脱俗，饿了就吃花草，渴了就喝清露。纵身风雨中，迈着矫捷的步伐逍遥远行。他可以在云端任意游玩，其寿命之长怎么可以计量？

我认为干宝此篇仅是介绍"赤将子舆"这个人，点到为止，并不想把刘向所写的东西重复太多，尤其此篇在内容上并无新鲜之处。"不食五谷，而啖百草华"显然是对屈原"朝饮木兰之坠露兮，夕餐秋菊之落英"一句的化用。删去后四句，估计还有一层原因，即干宝认为长寿、长生是不可能的。

宁封子自焚

宁封子，黄帝时人也，世传为黄帝陶正[1]。有异人过之[2]，为其掌火，能出入五色烟。久则以教封子。封子积火自烧，而随烟气上下。视其灰烬，犹有其骨。时人共葬之宁北山中，故谓之"宁封子"。

【大意】宁封子是黄帝时期的人，世人都传说他是负责为黄帝制作陶器的小官。曾经有一个身怀异术的人到土窑去拜访他，并帮他控制烧陶的火候，这个人还能在燃烧的五色烟火中进进出出。时间久了，这个人就把这门异术教给了宁封子。宁封子堆积起很多柴草，燃起火来，然后坐进火里自焚了，他的魂魄随着烟气升天入地。人们观看烧剩的灰烬，还可见他的骸骨。当时的人们合力把他葬在了宁北山中，所以叫他"宁封子"。

---

1. 陶正：负责烧制陶器的小官。
2. 过：拜访。

我就不多说了，无论谁的身体在火堆里焚烧后，烟气都会升天入地，灰烬里也都会留下一堆骨头。不过，我们可以这样理解这段文字：宁封子最后烧制的一件作品，是他自己。

彭祖仙室

彭祖者，殷时大夫也。姓籛，名铿。帝颛顼之孙，陆终氏之中子。历夏而至商末，号七百岁。常食桂芝。历阳有彭祖仙室，前世云，祷请风雨，莫不辄应。常有两虎，在祠左右。今日祠之讫，地则有两虎迹。

【大意】彭祖是殷商时期的大夫。他本姓籛，单名铿。他是颛顼的玄孙、陆终氏的二儿子。他经历了夏代，一直活到商朝末年，活了七百多岁。他经常服食桂芝。历阳有彭祖修仙时所住的居室。据老辈人说，到彭祖那个居室去祈祷，祈求风调雨顺，没有不应验的。经常有两只老虎守在祠堂的左右。现在祠堂已经不在了，地上还留着两只老虎的脚印。

彭祖是中国历史传说中重量级的人物。而干宝在《搜神记》里勾画这么几笔，初读时我有些不解，读过几遍，仔细一琢磨，明白了。这篇小文，看上去写得很实，没有传说的味道，唯有"号七百岁"是在记录传说。重点是后半段，即去祈求风调雨顺的人都能得到满足，但要经过门口那一关——两头老虎的血盆大口！像武松那样的人对付一只老虎都已筋疲力尽了，对付两只恐怕是不可能的。人对付不了两只老虎，怎么去祈祷呢？彭祖的房子都垮塌了，那两只老虎的脚印竟还在！显然，干宝是不相信彭祖有多么神的，更不会信彭祖活了七百多岁。

说说彭祖及他活了七百多岁这事儿吧。

彭祖是道家人物，善于养生，他亲自下厨房烹制食物，提倡用膳食调理五脏六腑，顺畅自身的五行。《楚辞·天问》上记载，尧帝病重卧床，彭祖曾给尧帝炖了一锅野鸡汤，汤里加了一些"桂芝"，尧帝喝了野鸡汤后，就精神大振，活到了一百一十八岁。

彭祖还有一个养生之道，就是"采阴补阳"(《素女经》是汉朝的产物，故彭祖应该是最早提出这个理论的人)，擅长房中术，秘诀是"引而不发"。彭祖共娶了四十九个妻子，有五十四个儿子。(看来不全是"引而不发"，不然这五十四个儿子的来源就可疑了。)后人借彭祖之名，印行了许多关于"房中术"的书籍，什么《彭祖经》《彭祖养性》《彭祖养性经》等。书商印行这些书籍都是有商业目的的。这些书我没读过，当然读了也读不懂，书中有多少科学性，就不敢说了。

那么，彭祖是否真的活到了七百多岁？第一，《搜神记》是有可能是按《山海经》里对远古人的描述来描述彭祖的。《山海经》中有记载：轩辕黄帝的后人曾建立了一个轩辕国，国中民众全部是人首蛇身，而且"其不寿者八百岁"。看看，轩辕国里的民众寿命短的人也要活到八百岁，彭祖的七百多岁就不算啥新鲜事儿了。

还有一种说法是彭祖活了八百岁。这个八百指"彭"这个国的岁数。彭祖真名叫篯铿，他给尧帝炖野鸡汤，帮助尧帝恢复了身体，尧帝赐封他到彭地（今江苏省徐州市一带）建国。篯铿是第一任彭国国君，经尧舜禹夏商五代，商朝时彭国被灭，历时八百年，故称彭氏八百岁。《史记·楚世家》载："彭祖氏，殷之时尝为侯伯，殷之末世灭彭祖氏。" 清人孔广森注《列子·力命篇》时如是说："彭祖者，彭姓之祖也。彭姓诸国：大彭、豕韦、诸暨。大彭历事虞夏，于商为伯，武丁之世灭之，故曰彭祖八百岁，谓彭国八百年而亡，非实篯不死也。"确切地指出所谓彭祖年长八百，实际上是大彭氏国存在的年限。

好了，关于彭祖的事情就说到这里，干宝在《搜神记》里不愿意多说的事儿，我也就别逞能了。

葛由乘木羊

前周葛由，蜀羌人也。周成王时，好刻木作羊卖之。一旦，乘木羊入蜀中。蜀中王侯贵人追之，上绥山。绥山多桃，在峨嵋山西南，高无极也。随之者不复还，皆得仙道。故里谚曰："得绥山一桃，虽不能仙，亦足以豪。"山下立祠数十处。

【大意】西周时期的葛由，是蜀地的羌人。周成王的时候，他喜欢用木头雕刻成羊拿到市场上去卖。有一天，他骑着自己用木头雕刻的木羊来到了蜀国。蜀地的王侯贵族都十分艳羡地跟着他，上了绥山。绥山上有很多桃树，位于峨眉山的西南方，山很高，高入云端没有尽头。跟着他去绥山的人都没有再回到蜀中来，应该是都得道成仙了。所以乡间流传着一句谚语："得到绥山上一颗桃，即使不能成仙，也足以使自己成为英豪。"山下为他所建的神庙祠堂多达数十处。

这段文字像是给绥山桃做的广告。但那些上了绥山吃了桃的蜀人再也没回来，去哪儿了？怎么了？皆大欢喜地想：得道成仙了。可真这样做广告，这桃是没人敢吃的。人们也许都想成仙，但让你离开人间去成仙，你去吗？

这段故事来自汉代刘向的《列仙传》，原文如下：

> 葛由者，羌人也。周成王时，好刻木羊卖之。一旦骑羊而入西蜀，蜀中王侯贵人追之上绥山。绥山在峨眉山西南，高无极也，随之者不复还，皆得仙道。故里谚曰："得绥山一桃，虽不得仙，亦足以豪。"山下立祠数十处云。
>
> 木可为羊，羊亦可灵。灵在葛由，一致无经。
>
> 爰陟崇绥，舒翼扬声。知术者仙，得桃者荣。

干宝在《搜神记》中删去了后四句，是为了留白？是让读者去感悟"木可为羊，羊亦可灵"？还是提示"木能成羊，羊能通灵，而木和羊的通灵是因为葛由这个人"？其实，欲得道成仙并非只有一条途径。（为什么要跟着葛由去绥山？）

淮南八公

　　淮南王安好道术，设厨宰以候宾客。正月上辛[1]，有八老公诣门求见。门吏白王，王使吏自以意难之，曰："吾王好长生，先生无驻衰之术，未敢以闻。"公知不见，乃更形为八童子，色如桃花，王便见之。盛礼设乐，以享八公。援琴而弦歌曰："明明上天，照四海兮。知我好道，公来下兮。公将与余，生羽毛兮。升腾青云，蹈梁甫兮。观见三光[2]，遇北斗兮。驱乘风云，使玉女兮。"今所谓《淮南操》是也。

　　【大意】淮南王刘安热衷于寻仙求道之术，家里还设置了专业的厨师，就是为了接待各方来的宾朋高士。（某年）正月上旬的第一个辛日，有八位老公公（其实是刘

---

1. 上辛：古代以甲子法计日，每十日必有一个辛。其中每年正月的第一个辛日为上辛。
2. 三光：指日、月、星。

安的八位门客）登门求见。看门的人就去禀报刘安，说如此八人来求见。刘安让看门人想点办法难为难为他们。看门的人出来就对着八位老公公说："我家王爷喜欢见懂得长生不老方法的人，各位先生是否有长生不老的方法？如果没有，我就不敢去通报王爷，说你们各位来了。"这八位老公公互相对视了一下，心领神会，就变成了八个小男孩儿，面色红润得像桃花一样。于是，刘安就接见了他们，不仅礼节隆重，还安排了歌舞，让八位尽情享用。大家谈得兴起，刘安还抚琴并吟唱了一曲："澄明的上天，照耀着四海啊，知道我喜爱仙道，才让你们下凡来到我身边啊。你们将和我一起，身上长出飞天的羽毛啊，我们腾云驾雾登上青天，把梁甫山踩在脚下啊！我们看见了日、月、星，又与北斗七星相遇啊。驾驶着彩云驱赶着风，天上的神女也为我们所用啊！"这首曲谱和这首诗，就是现在古琴曲《淮南操》（又名《八公操》）的词曲。

其实，原诗还有两句，不知为什么干宝在收入《搜神记》时给删去了。干宝大概是觉得最后这两句有些伪抒情、太缥缈，还有点儿吹牛的意味吧。我录在这里，供读者自己辨析："含精吐气，嚼芝草兮。悠悠将将，天相保兮。"

淮南王刘安，在历史上可是个大人物。他是汉高祖刘邦的亲孙子，西汉时期的文学家、思想家，也是个不太成熟的政治家。他组织门客撰写的《淮南子》流传至今，但他本人因为篡逆汉武帝未遂，自杀而死。说他不成熟，是因为有人在他耳边吹风，说汉武帝刘彻没有儿子，劝他篡逆，成功后，可以让他的儿子刘迁登基皇位。于是，他受此蛊惑展开了一系列愚蠢的行动，终于败露，父子等一干参与篡逆的人员由此丧命。嘻，利欲熏心的人，常常是昏着频出，灭亡是迟早的结果。

《搜神记》所选的这段故事，是刘安一生中的一件小事，却让人从中看到了刘安的性情和他求仙问道的人生追求。这一篇看似很愉快的文字，却暗含极大的反讽。先是介绍刘安一心想长生不老，连家里来的客人都要懂得长生不老术。当客人装扮成懂得长生不老之术的样子后，一个堂堂的淮南王，就得意忘形地琴之歌之舞之蹈之。不过，对古琴界而言，刘安留下了一首古琴曲《淮南操》，至今还在琴人的手上弹奏。

这段轻快故事的背后，当然就是一连串的愚蠢——造反失败，家破人亡。

刘根召鬼

刘根字君安，京兆长安人也。汉成帝时，入嵩山学道，遇异人，授以秘诀，遂得仙。能召鬼。颍川太守史祈以为妖，遣人召根，欲戮之。至府，语曰："君能使人见鬼，可使形见，不者，加戮。"根曰："甚易。借府君前笔砚书符。"因以叩几。须臾，忽见五六鬼，缚二囚于祈前。祈熟视，乃父母也。向根叩头曰："小儿无状，分当万死。"叱祈曰："汝子孙不能光荣先祖，何得罪神仙，乃累亲如此。"祈哀惊悲泣，顿首请罪。根默然忽去，不知所之。

【大意】刘根，字君安，是京兆长安（在今陕西省西安市长安区）人。汉成帝的时候，他曾到嵩山学习道术，遇到一位神异的人，这人把修仙的秘诀传授给他，他按秘诀修炼，成了神仙。他能够召唤鬼魂。当时的颍川太守史祈认为刘根是妖怪，不想让他再作祟，就派人把他叫来，打算杀了他。刘根到了太守府后，史祈就对刘根说：

"你能让人见到鬼，那你就让鬼显形现身在我面前，如果你不能做到，我就杀了你。"刘根听完，说："这非常容易！请借府君的笔墨纸砚写一下符箓。"然后再用这道符箓敲打桌案。一会儿，忽然看见五六个鬼绑着两个囚犯来到史祈的面前。史祈仔细一看，竟是自己的父母。他们向刘根叩头说："我儿子无理胡来，理当万死。"然后又对着史祈训斥说："你做子孙的不能光宗耀祖，为何要得罪神仙？竟然还要连累父母！"史祈惊恐不堪，悲哀得泪流满面，向刘根磕头请罪。刘根一声不吭，迅速地离开，不知所踪。

这段故事，在《后汉书》中的《方士列传》里也出现了，只是被加工了一下。咱们不说《后汉书》，说干宝的《搜神记》。

刘根本来只是个普通的人，学了些仙术，还能召鬼。地方的行政官员史祈认为，世界上没有鬼神，仙术召鬼都是闹妖，他看不惯，就要杀了刘根。显然，史祈是个不合格的行政官员——信仰无罪，个人爱好也无罪。刘根只要不祸害百姓，不对抗朝廷，不触犯律令，是不应该被随意抓来杀戮的。行政官员要有海纳百川的肚量，个人的偏见不能带到权力的适用范围里。这"逼"得干宝把史祈这个混账官员的父母"请"出来，让史祈挨一顿臭骂。刘根后来去哪儿了？芸芸众生中，熙攘人群里。

汉阴生乞市

汉阴生者，长安渭桥下乞小儿也。常于市中丐。市中厌苦，以粪洒之。旋复在市中乞，衣不见污如故。长吏知之，械收系，著桎梏，而续在市乞。又械欲杀之，乃去。洒之者家，屋室自坏，杀十数人。长安中谣言曰："见乞儿，与美酒，以免破屋之咎。"

【大意】汉朝时的一个小孩儿叫阴生，是长安城渭桥下的一个小乞丐。他经常到市场上去讨饭。市场上的人们觉得这个小乞丐很讨厌，就用大粪泼他。可是他转眼就回到了市场，继续讨饭，衣服上看不到一点儿腌臜之物，和被泼之前一样干净。县令知道了这事儿，就派人把这个小乞丐抓起来，给他戴上手铐脚镣，可是他很快就跑出来，继续在市场上讨饭。县令又派人抓住了他，准备杀了他，他又逃跑了。往他身上泼大粪的人，家里房屋自行倒塌了，还砸死了十几个人。于是，长安街头到处流传一首歌谣："看见乞讨的小孩儿，快点儿给他好饭好酒，免得房屋倒塌灾祸临头。"

真是难为干宝先生了！为了让大家尊重小乞丐，竟把小乞丐神化了。小乞丐不过是衣服破烂，或许有行为不雅，但身为乞丐何罪之有？乞讨何罪之有？竟要被泼大粪，还要被杀头。岂不知，多少英雄豪杰都曾有过做乞丐的经历。所以干宝写下了诅咒似的预言：迫害小乞丐，家里会遭殃。

董永与织女

汉董永，千乘人。少偏孤，与父居。肆力田亩，鹿车载自随。父亡，无以葬，乃自卖为奴，以供丧事。主人知其贤，与钱一万，遣之。永行三年丧毕。欲还主人，供其奴职。道逢一妇人，曰："愿为子妻。"遂与之俱。主人谓永曰："以钱与君矣。"永曰："蒙君之惠，父丧收藏。永虽小人，必欲服勤致力，以报厚德。"主曰："妇人何能？"永曰："能织。"主曰："必尔者，但令妇为我织缣百匹。"于是永妻为主人家织，十日而毕。女出门，谓永曰："我，天之织女也。缘君至孝，天帝令我助君偿债耳。"语毕，凌空而去，不知所在。

【大意】汉朝的董永是千乘（今山东省淄博市临淄区）人。幼年时母亲就去世了，他和年老体衰的父亲生活在一起。他勤勤恳恳地耕种农田，他在劳作时，让父亲坐在很窄小的车里，自己边劳作边陪伴着父亲。后来父亲也去世了，他却拿不出钱来安葬父亲，就把自己卖给大户人家为奴，用卖身的钱来办理父亲的丧事。买他的主人知道他很贤良，就给了他一万铜钱，让他回家守孝。董永行完了三年守丧之礼，要回到主人家，再去做奴仆。在回主人家的路上，他遇见一个女子拦路，她对他说："我愿意做你的妻子。"于是，董永就和她一起到主人家去了。主人对董永说："那一万钱，是我送给你的。你不用来我这里当奴仆了。"董永说："蒙受您的恩德，我父亲才得以安葬。我虽然是贫穷卑微的人，一定要尽心尽力地劳作，来报答您的大恩大德。"主人说："你的妻子会做什么？"董永说："会纺织。"主人说："你一定要用劳动来报答我的话，那就让你的妻子替我织一百匹双丝细绢就行。"于是，董永的妻子给主人家织绢，十天就织完了。从大户人家出来，女子在大门外，对董永说："我是天上的织女。因为你极其孝顺，天帝让我来帮助你偿还债务的。"说完，身如轻云升上高空，瞬间离去，不知道去哪儿了。

汉朝时，全社会的道德伦理思想是以儒家的"忠孝仁义礼智信"为主的，统治者也把儒家的思想作为政治思想，并依据儒家思想来制定大政方针，于是，儒家思想就是"修身、齐家、治国、平天下"的思想源头。但实现"仁义礼智信",是有身份要求的,只有士绅那种今天看来属于中产阶级的及更高阶层的人群,才有资格或机会展示自己的"仁义礼智信"。"忠"是军政官员要履行的责任,唯有"孝"才是普通百姓要时时恪守的行为准则。汉朝推行"孝",奖励"孝",既有整顿民风、端正伦理的意义,也有其政治目的。关于这方面的问题,与本文关系不大,我就不多说了。

董永正是因为对父母的孝敬,才感动了买他为奴的财主,甚至还感动了天庭的统治者,派"织女"下凡,帮助董永,体现了"做人孝为先"的价值观。读完此文,再从古代伦理观的角度来看,董永的孝举,其实并不是很突出(《二十四孝》就没有把董永的故事收录进去),他只是做了一个子女应该做的事。可是,为什么他的故事会感动财主、天帝,还感动了东晋的干宝先生,把董永这点儿事写进《搜神记》?一言以蔽之:秦汉两晋时期的人,太缺乏对父母长辈的孝!

董永的故事后来被多次演绎,最著名的就是改编成当代黄梅戏的《天仙配》。但是,《天仙配》的故事只是借用了董永的名字和身份,却把董永的孝道给改没了,演绎了一出悲悲切切、凄凄惨惨戚戚的爱情剧。把真心帮助董永的财主和天帝都改成了阻挠青年男女自由恋爱的恶人。织女也变成了七仙女——编剧是不是认为全国人民都知道织女早已经是牛郎的老婆，会质疑她怎么能再嫁董永？当然了，把孝敬父母的主题改成要求恋爱自由的主题也不是什么错误，不同的时期，社会有不同的需要，百姓有不同的诉求。《天仙配》这出戏一上演就影响很大，全国的百姓都津津乐道。这说明改编成功了，更说明在那个时期，全体国民很难有自由恋爱。有一部名叫《中国十大民间传说》的书，收录了《天仙配》，没收录《董永与织女》，说明现在社会里最大的难题是恋爱自由，而不是孝敬父母。

贰·皇帝、驱魔人和半仙儿

《搜神记》里的故事，除取自上古传说时代之外，大多发生于两汉、两晋时期。在第二、三卷中，就多记载了自汉至晋神巫术士和灵异之人（也许可称其为"半仙儿"）的逸事。

　　解读这些故事的时候，我故意从历史里溜达出来，到今天的生活现场转一圈儿。以当代人的眼光看待神话，会带有"去神化"的自觉。如天竺胡人玩的魔术，如今看来它属于一种综合性的艺术。而驱魔人的把戏跟被魔鬼缠磨的人的心态有关，我们俗话说"疑心生暗鬼"，帝王家疑窦丛生，大概暗鬼也就格外猖狂。

　　我发现干宝先生对卜筮、鬼魅的观点很明确。他认为一个精神上纯洁正派的人，是不会遭受妖魔鬼怪伤害的。一个人养德就是养心，保持天真的本性就是保持生命的本真，只要内心与言行不染恶习俗尘，什么妖孽邪魔都不必惧怕。

寿光侯劾鬼

寿光侯者，汉章帝时人也。能劾百鬼众魅，令自缚见形。其乡人有妇为魅所病，侯为劾之，得大蛇数丈，死于门外，妇因以安。又有大树，树有精，人止其下者死，鸟过之亦坠。侯劾之，树盛夏枯落，有大蛇，长七八丈，悬死树间。章帝闻之，征问。对曰："有之。"帝曰："殿下有怪，夜半后常有数人，绛衣，披发，持火相随。岂能劾之？"侯曰："此小怪，易消耳。"帝伪使三人为之。侯乃设法，三人登时仆地，无气。帝惊曰："非魅也，朕相试耳。"即使解之。

或云：汉武帝时，殿下有怪，常见朱衣披发相随，持烛而走。帝谓刘凭曰："卿可除此否？"凭曰："可。"乃以青符掷之，见数鬼倾地。帝惊曰："以相试耳。"解之而苏。

【大意】寿光侯是汉章帝时候的人。他能降服各种妖魔鬼怪，能使那些妖魔鬼怪自投罗网并现出原形。他有个同乡的妻子被鬼魅缠身而生了病，寿光侯为她驱鬼，抓到一条几丈长的大蛇，在门外把这条蛇杀了，这妇人因此就平安了。又有一棵大树，树身里闹妖怪，人走到这树下停留，就会无端死去，鸟飞过这棵树的树冠也会摔下来。寿光侯又去施法惩治树里的妖怪，这棵树在这盛夏时节就干枯落叶了，出现一条大蛇，七八丈长，吊死在树枝中间。汉章帝听说了这些事情，就把他召进宫来询问，他回答说："确实有这些事。"汉章帝说："我的宫殿里也有鬼怪，半夜过后，经常有几个人，穿着大红色的衣服，披着长头发，手持火烛，一个跟着一个结队在宫里的走廊上走来走去。你能否把他们降服呢？"寿光侯回答说："这是小鬼怪，很容易消灭的。"章帝便偷偷派三个人穿着大红衣服披头散发，手持火烛，冒充鬼怪在宫里的走廊上走来走去。寿光侯看到就施行法术，三个人一下子就倒在地上断气死了。汉章帝惊恐地说："他们不是鬼怪啊！是我派人假扮来试试你的本事的。"马上就请求寿光侯施展解除的法术，救活那三个装扮成鬼怪的人。

另一种说法是：汉武帝的时候，宫中有鬼怪，人们经常看见穿着红衣服、披着长头发的人互相陪伴着，手拿着火烛奔跑。武帝对刘凭说："您可以除掉这些精怪吗？"刘凭说："可以。"说完他就把青色的符箓扔了过去，便看见几个"鬼"倒地而死。武帝惊慌地说："我不过是用这个方法试试你的法术罢了。"刘凭随后又解除了法术，这几个"鬼"就复活了。

寿光侯会不会捉鬼降妖，好像并不重要。民间传说中会捉鬼降妖的人大有人在，但是否真的能捉鬼降妖，人们都是听闻，没有眼见。相信的就相信，不相信的也就不相信，并不影响传说继续传播。

本段文字的重点是：一、汉章帝派人装鬼；二、汉章帝怀疑寿光侯的能力，派人装鬼的目的是试探寿光侯是否有真功夫。这就给我们揭开了皇宫里"鬼"头上的"浩然巾"：他们都是由活人装扮的，而且是皇帝派人装扮的。皇帝对谁都不会绝对信任，不管你在社会上做出了什么让人信服的事。

这篇小文的最后，干宝先生使用了一个小智慧，提到汉武帝。汉武帝曾派人装成鬼，试探刘凭。这其实就是告诉读者：汉武帝多伟大啊，不是也要做这等"下三烂"的事嘛！皇上心里有这么多鬼心思，世上怎么能没有鬼？但是，寿光侯或者刘凭，在皇宫里抓到的、降服的不是真鬼，而是真人。那么，是否可以这样理解——能降妖捉鬼的仙家、道人、术士，他们降服的其实是那些装神弄鬼的人？

天竺胡人法术

晋永嘉中，有天竺胡人，来渡江南。其人有数术：能断舌复续、吐火。所在人士聚观。将断时，先以舌吐示宾客，然后刀截，血流覆地，乃取置器中，传以示人。视之舌头，半舌犹在，既而还，取含续之。坐有顷，坐人见舌则如故，不知其实断否。

其续断，取绢布，与人合执一头，对翦，中断之；已而取两断合视，绢布还连续，无异故体。时人多疑以为幻，阴乃试之，真断绢也。

其吐火，先有药在器中，取火一片，与黍糖合之，再三吹呼，已而张口，火满口中，因就爇取以炊，则火也。又取书纸及绳缕之属，投火中，众共视之，见其烧爇了尽；乃拨灰中，举而出之，故向物也。

【大意】西晋永嘉年间，有个从天竺（古代中国以及其他东亚国家对当今印度和其他印度次大陆国家的统称）来的胡人，渡江来到江南。这个人会很多种法术：可把自己的舌头弄断了再连起来，嘴里还能吐火。他每到一处，便吸引了当地的很多人去围观。他在将要割断舌头之前，先把舌头吐出来给围观的人们看，然后用刀一割，鲜血流淌出来，洒在地上。他拿着割下来的半截舌头，放在器皿中，让大家传递观看。再看他的舌头，剩下的半截还在嘴里。过了一会儿，大家把传看的半截舌头还给他，他就拿了含在嘴里，把两截舌头接在一起。坐了一会儿，座席上的观众看他的舌头，和原来的一样，不知道那舌头是否真的断过。

他还会连接其他断了的东西，比如拿一块绸布，跟别人各握住一头，从绸布中间把它剪断；接着拿了两个断头一合，大家一看，绸布又连接在一起，和原来的没有什么两样。当时很多人都怀疑这是一种幻术，就暗地里偷偷地去验证了一下，他竟然是真的把绸布剪断了。

他吐火时，先拿出一个装有药物的器皿，取一片能燃烧的药，和黍糖搅在一起放入口中，反复吹气；等他张开嘴的时候，嘴里已满是火焰；接着从嘴里引火来烧饭，那的确是真的火焰。他又拿来书本、纸张及粗绳细线之类，投入火中，大家一起注意看，它们都烧成了灰烬。他在灰里翻来捡去，提出来的还是原来那些东西。

这个故事，如果放到今天，一点儿新鲜的味道都没有。我们都看过电视台里的节目,非要把魔术师当仙人或有特异功能的人来渲染不可,主持人还要对观众煽情,帮着变魔术的人喊号子:"见证奇迹的时刻到了!"

这段文字告诉我们,有些魔术不是中国的土特产,而是舶来品。但魔术是不是从天竺传到中国来的,我没考证过,也就不多说了。

魔术是门需要专业能力的技术活儿,可没"眼疾手快毯子蒙"那么简单。《搜神记》中辑录了几段关于以魔术为主题的文章,上面这篇是比较完整的,也是比较精彩的。还有一篇只有两句话,叫《谢纠食客》,原文如下:

谢纠尝食客,以朱书符投井中,有一双鲤鱼跳。即命作脍,一坐皆得遍。

用现代汉语描述,就是:谢纠有一次(在自己家的院子里)请客吃饭,他用丹砂写了一张符箓丢进井里,就有一对鲤鱼跳出来。他随即叫厨师把鱼切成薄片,宴席上在座的客人全都吃上了鱼肉。

这种魔术现在就太寻常了。

范寻养虎

扶南王范寻养虎于山，有犯罪者投于虎，不噬，乃宥之。故山名大虫，亦名大灵。

又养鳄鱼十头，若犯罪者投与鳄鱼，不噬，乃赦之。无罪者皆不噬。故有鳄鱼池。

又尝煮水令沸，以金指环投汤中，然后以手探汤。其直者，手不烂；有罪者，入汤即焦。

【大意】扶南国（今柬埔寨一带）国王范寻在山里养了老虎，有谁犯了罪，就把他扔给老虎，如果老虎不吃这个人，就赦免他，放他回去。所以人们把这座山叫作"大虫山"，也叫作"大灵山"。

范寻还养了十头鳄鱼，如果谁犯了罪，就把这个罪犯扔给鳄鱼，鳄鱼不吃，就放过他，免去他的罪过。被冤枉的人、没有罪的人，都不会被鳄鱼吃掉，所以就一直保留着鳄鱼池。

范寻还曾把水烧至沸腾，然后把金指环扔进沸水中，让人伸手在沸水中捞取这枚金指环。那些善良、正直的人，手不会被烫烂；有罪孽的人，手一伸进沸水里，就会被烫焦了。

读完这段故事，我呵呵地笑了。很新颖，也很精彩。

我们判断一个人是否犯罪，要用法律条款来衡量；判断一个人的好坏，要用道德伦理来确认。而这个范寻竟然用两只没有人性的猛兽和沸水来区分。

法律不可靠了，可以相信老虎；道德伦理失效了，可以用鳄鱼和沸水。可不可以这样理解：老虎、鳄鱼不是简单的食肉动物，而是能够明辨人间是非曲直的判官？

老虎、鳄鱼都知善恶，岂不让人或执法的人汗颜？

李少翁致神

汉武帝时，幸李夫人，夫人卒后，帝思念不已。方士齐人李少翁，言能致其神。乃夜施帷帐，明灯烛，而令帝居他帐遥望之。见美女居帐中，如李夫人之状，还幄坐而步，又不得就视。帝愈益悲感，为作诗曰："是耶？非耶？立而望之，偏婀娜，何冉冉其来迟！"令乐府诸音家弦歌之。

【大意】汉武帝在位的时候，非常宠爱李夫人。李夫人死后，汉武帝十分想念她。有一个方士，名叫李少翁，说能招来李夫人的鬼魂。于是，他就在一个夜里搭制了一顶帷帐，点上了蜡烛，而让汉武帝坐在另一顶帷帐里，远远地向这个帷帐看。不一会儿，汉武帝果然看见一个女子出现在那个帷帐中，很像李夫人的样子。那女子在那顶帷帐中，一会儿坐下去，一会儿又站起来走走，但又不能走近去细看。汉武帝更加感伤了，他作了一首诗，写道："是她？不是她？我伫立着远远地望着，翩翩地多婀娜！为什么来得这么迟啊？"然后，又命令宫中的乐师配乐，把这首诗唱出来。

看了这段故事，我不会笑，而是替汉武帝及那些皇帝们担心——你们贵为天子，就这么好骗么？李少翁等用这么拙劣的手段骗皇帝，胆子也真够大！在封建时代，据说比较容易骗的人就是皇帝。社会上发生的什么事皇帝看不见，老百姓有什么声音皇帝也听不见，所以，只要有本事靠近皇帝，用甜言蜜语歌功颂德一番，皇帝喜欢了，就信任你了。再说，皇帝是人，也有私念，如果你能满足皇帝的私念，就可以大张旗鼓地想怎么骗就怎么骗。不仅是皇帝，一般的官员对那些给自己唱喜歌、颂功德、满足其私欲的人，都没有抵抗力。这是官员的一大软肋，连李少翁这样的骗子都深谙此道。

白头鹅试觋

吴孙休有疾，求觋[1]视者，得一人，欲试之。乃杀鹅而埋于苑中，架小屋，施床几，以妇人屦履服物着其上。使觋视之，告曰："若能说此家中鬼妇人形状者，当加厚赏，而即信矣。"竟日无言。帝推问之急，乃曰："实不见有鬼，但见一白头鹅立墓上。所以不即白之，疑是鬼神变化作此相，当候其真形，而定不复移易，不知何故，敢以实上。"

【大意】吴国的景帝孙休，身体有病，想请巫师来给他诊治。大臣们找到了一个巫师，但是想先试试他的道行法术，就杀了只白头鹅埋在后花园中，还在花园里盖起了一间小屋，放置了床和小矮桌，将女人的鞋子、衣服等放在上面。然后，请这位巫师过来看，告诉他说："如果你能说出这坟墓中女鬼的样貌，就重重地赏赐你，并且也就相信你的法术了。"这巫师看了看，一整天也不

---

1. 觋：男性巫师。

说话。景帝着急了，催问他怎么了。他这才说："这里实在没见到有什么鬼，只看见一只白头鹅站立在坟墓上。我之所以没有立刻告诉您，是因为疑心鬼怪会不会变化成这白鹅的样子来捉弄我们，我想等到它现出真形时再说。但是，它却固定了不再有什么变化。我实在不知道这是什么缘故，只好大胆地把实际情况向皇上您汇报了。"

我在讲《寿光侯劾鬼》一文时曾说：皇帝是不会轻易相信别人的。此文与《寿光侯劾鬼》有相似之处。

皇帝不敢相信别人，这不是因为皇帝都有焦虑症，而是由皇帝的位置决定的。人在几个阶段很难交到知心朋友，比如：官儿当大了，成为大富翁了。大官儿和大富翁就很难相信别人。利益关系的链条里不会有真朋友，连相互间的哈哈大笑都可能是装出来的。

皇帝就更难相信别人了，尤其是对给自己看病的医生，首先要把他当作刺客嫌疑犯，然后再试探他是否有真本事——东汉时的神医华佗就是遭受怀疑而死的。

这位来给吴景帝孙休看病的巫师，其实是个心理学专家，他懂得给皇帝看病的风险，所以他用一整天不说话，逼着孙休着急，逼着孙休相信他。至于杀白鹅埋掉并设计有女鬼的假象等，都是文章铺垫和设置悬念的需要。也可以当作是皇帝的昏着儿。

钟离意修孔庙

汉永平中，会稽钟离意，字子阿，为鲁相。到官，出私钱万三千文，付户曹孔䜣，修夫子车。身入庙，拭几席剑履。男子张伯除堂下草，土中得玉璧七枚，伯怀其一，以六枚白意。意令主簿安置几前。孔子教授堂下床首有悬瓮，意召孔䜣问："此何瓮也？"对曰："夫子瓮也。背有丹书，人莫敢发也。"意曰："夫子，圣人。所以遗瓮，欲以悬示后贤。"因发之。中得素书，文曰："后世修吾书，董仲舒。护吾车，拭吾履，发吾笥，会稽钟离意。璧有七，张伯藏其一。"意即召问："璧有七，何藏一耶？"伯叩头出之。

【大意】东汉永平年间，会稽郡（郡治在今江苏省苏州市）有个钟离意，字子阿，做了鲁国的国相。他到任后，拿出自己的私房钱一万三千文，交给户曹孔䜣，让他用这些钱修缮孔子的车子。钟离意亲自来到孔庙，擦拭书桌几案、座席、佩剑、鞋子。有个叫张伯的男子，在清扫厅堂下的杂草时，从泥土里捡到了七块玉璧。张伯把其中一块玉璧藏在怀里，拿着余下的六块交给了钟离意。钟离意命令主簿把玉璧安置在书案上。孔子讲学的讲堂里，坐榻的一头悬挂着一个陶坛，钟离意喊来孔䜣，询问他："这是做什么用的陶坛啊？"孔䜣回答说："这是孔夫子留下的瓮。瓮的背面写有丹书，没有人敢打开来看。"钟离意说："孔夫子是圣人。他之所以留下这瓮并挂在这里，就是想让我们这些后代来看的。"说着，钟离意就打开瓮，从里面拿出一封写在白绢上的书信。信上写着："后代研究我著作的人，是董仲舒。保护我车子、擦拭我鞋子、开启我竹瓮的人，是会稽人钟离意。玉璧有七块，张伯私藏了其中的一块。"钟离意读罢，就把张伯喊来，责问他说："玉璧有七块，你为什么要藏掉一块呢？"张伯马上跪地磕头求饶，把私藏的那一块玉璧交了出来。

这个故事，我们有必要去考证真假吗？我认为，这个故事是凭想当然创作的。

孔子真是圣人，无所不能的圣人，于是乎，在这个故事里"搬"出孔子，就显得很有可信度了——作为春秋时期的圣人，当然可以预测到东汉时的董仲舒、钟离意、张伯，都对他做了什么。连一千年后的一个小偷拿了一块玉璧的事，他老人家都早早地知道，写在绢上，记录在案。

文章的主题当然不是"张伯偷玉璧"，而是要人们相信占卜、预测这个事是真的，而且是灵验的。

为何要"搬"出孔子？孔子是中国历史上影响力最大的人。用孔子给占卜行业做"代言人"，是最有说服力的。孔子会预测吗？会！不是有"半部《论语》治天下"一说嘛！我们今天的人，该说什么做什么，不该说什么做什么，孔子不是在春秋时期就给我们规定好了吗？

不过，像张伯这种爱贪小便宜的小人，就算孔子不揭穿他，他迟早也会败露的。做了坏事，没人发现就自以为已经瞒天过海了，岂不知每个人的头上三尺，都有能辨善恶的神灵！

段翳封简书

段翳，字元章，广汉新都人也。习《易经》，明风角[1]。有一生来学，积年，自谓略究要术，辞归乡里。翳为合膏药，并以简书[2]封于简中，告生曰："有急，发视之。"生到葭萌，与吏争渡津，吏捶破从者头。生开简得书，言："到葭萌，与吏斗，头破者，以此膏裹之。"生用其言，创者即愈。

【大意】段翳，字元章，是蜀地广汉郡新都县（今四川省成都市新都区）人。他精通《易经》，会用风角术占卜。有一个学生来找他拜师求学，过了几年，这个学生自以为已经掌握了关键的法术，就要辞别段翳回老家去。段翳给他配制了一贴膏药，并给他写了一封信，

---

1. 风角：也叫风角术，是中国古老占卜术的一种。根据风向、风力、风速、风色和起风的时间来预测吉凶祸福。
2. 简书：各种行政办公文件，也叫文牍。

封装在竹筒里。段翳告诉这位学生说："遇到紧急的事，就打开这竹筒把我的信拿出来看看。"这学生来到葭萌县的水边，想要渡河，却与地方官吏因争抢着渡河而发生了肢体争执。官吏打破了他随从的头。他赶紧打开竹筒看段翳给他的信，上面写着："到葭萌县，与官吏争斗，头被打破了，就用这膏药敷在伤口上。"这位学生按信上的话办了，随从的伤口马上就痊愈了。

这篇小文章，故事情节比较完整，叙述得很细腻。问题是事情太小了，值得一写吗？值得！

写这么小的一件事，就是为了展示占卜术的精准和厉害。一般的占卜，只会指出吉凶的方向和基本内容，绝不会连因争渡而被官吏打破头的细节都预测出来。据史料载，段翳确实善占卜，但他的职业是医生。学生回老家，一路上难免有磕磕碰碰，给学生带上几贴外伤膏药是可以理解的，令人难以理解的倒是那封简书的内容。然而联系学生回家的原因，这里面的含义也就呼之欲出了。

学生学艺未精便"半路开溜"，简书是学生遇事之后才打开的，信中所写内容与现实对照，无论怎么确凿无差，也都已经算作"马后炮"了。但却被老师事先占卜到了——他预知学生路途中将遇到什么事情，并顺便给出了药方，有点戏谑的意味。字里行间仿佛透着得意，仿佛是故意让学生吃个教训，并使其意识到自己其实并没有学到占卜术的精髓。

臧仲英遇怪

右扶风臧仲英，为侍御史。家人作食设案，有不清尘土投污之。炊临熟，不知釜处。兵弩自行。火从篋簏中起，衣物尽烧，而篋簏故完。妇女婢使，一旦尽失其镜；数日，从堂下掷庭中，有人声言："还汝镜。"女孙年三四岁，亡之，求，不知处；两三日，乃于圊中粪下啼。若此非一。

汝南许季山者，素善卜卦，卜之，曰："家当有老青狗物、内中侍御者名益喜，与共为之。诚欲绝，杀此狗，遣益喜归乡里。"仲英从之，怪遂绝。后徙为太尉长史，迁鲁相。

【大意】担任右扶风一职的臧仲英，（在汉武帝时期）任侍御史一职。他家里的仆人做好了饭菜，摆放在桌子上，（还没等到吃）便有不干净的尘土掉进饭菜上面，把饭菜给弄脏。烧饭就要做熟的时候，却不见了饭锅。

家里的刀枪、弓箭等兵器自己会活动。火会从装衣服的竹箱里蹿出来，箱子里的衣服物品全都烧光了，而竹箱子却完好无损。有一天早上，家里的妻女丫鬟们用的镜子都丢了；几天之后，却看见镜子从堂屋被扔到院子里，还有人声在说："还给你们镜子！"臧仲英的孙女儿只有三四岁，忽然失踪了，找来找去不知道在什么地方，过了两三天，却在厕所中的粪坑里啼哭。像这样的怪事儿，家里屡屡发生。

汝南郡（在今河南省上蔡县西南）的许季山，精通卜卦，名声很大。臧仲英请他来为家里的怪事占卜祛怪，许季山占了一卦后，说："你家里应该有一条老黑狗，家中还有一个仆人名叫益喜，是黑狗与益喜共同策划实施的这些怪事。如果你要杜绝这些怪事在家里发生，就要杀掉这条黑狗，打发益喜回老家去。"臧仲英按照许季山的办法做了，怪事就再也没发生。后来他调任太尉长史，又升迁为鲁国宰相。

哈哈，此文告诉我们，家里发生怪事，不是闹鬼，是家里有人装鬼做出来的鬼事。

历史上，家里有恶仆，引发事端的故事很多。多因财，因色，因妒忌。找仆人，不能只听仆人的甜言蜜语，也不仅要看他是否会做一手好饭菜、清洁工作做得是不是很出色，而更要看他是否心地善良，为人是否诚实。

饱藏祸心的人，在众人面前常常表现出谦逊、卑微的样子。

至于许季山占卜功夫的神奇，也很好解释。臧仲英看不出家仆益喜的恶，是因为太信任，或"灯下黑"。哪个主人会天天防着家仆呢？而许季山不同，他是来找问题的，带着侦探的眼神和机敏。估计益喜乍一看到许季山时，就已经心慌意乱了。有着丰富社会经验的许季山进了臧仲英家大院，和益喜一对眼儿，就看出益喜不对劲了。所谓做贼心虚，一般的贼，看到警察就会有慌乱的心虚。益喜这点儿小变化，岂能躲过老江湖许季山的眼睛？至于那条老黑狗，是有点儿冤枉。但是，如果没有动物参与，这许季山大师占卜的神功就没有说服力了。所以，干宝在创作时，硬生生把老黑狗拉进来"作案"。

郭璞撒豆成兵

郭璞，字景纯，行至庐江，劝太守胡孟康急回南渡。康不从，璞将促装去之，爱其婢，无由得，乃取小豆三斗，绕主人宅散之。主人晨起，见赤衣人数千围其家，就视，则灭。甚恶之，请璞为卦。璞曰："君家不宜畜此婢，可于东南二十里卖之，慎勿争价，则此妖可除也。"璞阴令人贱买此婢，复为投符于井中，数千赤衣人一一自投于井。主人大悦。璞携婢去，后数旬，而庐江陷。

【大意】郭璞，字景纯，他来到庐江郡（今安徽省潜山县）的时候，劝太守胡孟康赶紧渡江回南方去。胡孟康听而不闻，不理睬他，郭璞就收拾行装准备离开他，但他又很喜欢胡太守家的一个婢女，苦于没有正当的办法得到她，就找来了三斗红小豆，绕着胡孟康的宅院撒了下去。胡孟康早晨起床，看见几千个穿着红衣服的人包围了他家，走近去想仔细看一下，却又消失了。胡太守心里十分厌烦这件事，就请占卜大师郭璞来为他家的事打一卦。郭璞煞有介事地说："太守啊，您的家里不适宜养这个婢女。您可以到东南方二十里外的地方，把她卖掉，注意啊，千万别和买主讨价还价，卖了她之后，您家里的这些妖怪就可以除掉了。"郭璞暗中派人用低价买了这婢女，又写了道符篆丢到太守家的井里，几千个穿红衣服的人都自己纷纷跳进井里去了。胡太守非常高兴，而郭璞带着那个婢女远走高飞了。几十天之后，庐江就沦陷了。

这个故事好玩儿。郭璞机敏、奸邪的嘴脸很清晰；胡太守老实、憨厚的形象很饱满。

郭璞是两晋时期的名家，什么文学家、训诂学家、风水学家、"官二代"等集于一身，与干宝身上的荣誉称号差不多。重要的是郭璞与干宝同朝为官，郭璞略大干宝几岁，而且同在大司徒王导的门下为幕僚。虽然我没找到他们二人在朝廷里的工作场域有什么私人交际的相关记载，但从此文看，干宝与郭璞的私人关系不会太好。而且郭璞的这件事还被《晋书》收录了，《晋书》几乎用了干宝的原文。

西晋末年，北方少数民族的军队大举南侵，西晋王朝摇摇欲坠。郭璞来到庐江，本来是为胡太守占了一卦，卦象不吉，意思是北兵会打到庐江。于是，劝胡太守赶紧南渡。胡太守固执，不南渡。事情说到这里，就该结束了。但是，郭璞偏偏动了色心，看中了胡太守家里的一个婢女。向胡太守张嘴要或买，肯定不合适，可是实在是喜欢，不甘心空手而归，于是施展法术，三斗红小豆变数千红衣小人儿，在胡太守家闹腾。郭璞坐在一边暗笑，就等着胡太守来求他。接下来就有了买卖婢女的安排，郭璞遂了心愿，高高兴兴地走了。

当然，后来庐江果然如郭璞的卦象所示，被攻破。其实，不用占卜，当时的战争态势已经确定，西晋必会灭亡，唯一能挡住北方匈奴骑兵的天险只有长江。

郭璞肯定是个有法术的人，但也是个贪财好色的人，关键是一副小人的嘴脸。我说干宝与郭璞的私人关系不好，就是因为此文把郭璞写得实在是太丑恶了。

华佗治咽病

佗尝行道，见一人病咽，嗜食不得下，家人车载，欲往就医。佗闻其呻吟声，驻车往视，语之曰："向来道边，有卖饼家蒜齑大酢，从取三升饮之，病自当去。"即如佗言，立吐蛇一枚。

【大意】华佗有一次走在路上，看见路上一个人咽喉有了病症，咽不下食物，家里人用车拉着他，要去找医生诊治。华佗听见了他呻吟的声音，就停住车过去看了看，对他说："你刚才经过的路边，有一家卖饼的小食店，小食店里有蒜泥和醋，你们去买三升，让病人喝了，咽喉的病自然就会痊愈了。"这病人就按照华佗的话去做了，喝完三升蒜泥和醋，马上就从嘴里吐出了一条蛇。

作为医生的华佗，在路上看到一个患有咽喉炎的病人，然后开了一个方子——"蒜泥和醋"，这本是件非常简单的事。华佗很有爱心，病人很幸运。关键是最后一句："立吐蛇一枚。"怎么会吐出一条蛇？是啊。如果就是用"蒜泥和醋"治好了咽喉炎，那华佗就不能是神医了。神医就要有些神奇的事儿。从"立吐蛇一枚"也可以看出，魏晋时期的风气，无神鬼难成文。

叁·神鬼也办人事

我说过，"鬼事"就是"人事"。这是我对《搜神记》的理解。我从第四、五卷所选取的故事，无论是讲神仙的还是讲有神通的人的，他们除了身上具有神性以区别于凡人之外，也戏剧性地做出一些凡人的言行，或者看似有点拙劣地模仿人的言行。

出现这种"反差萌"，我想是容易理解的。具有神性方具有说服力，使包括帝王在内的肉体凡胎对其虔敬拜服，大神可受供奉，下凡的神异人士可行其大事、成其大业；凡人的言行是神性与人性之间沟通的桥梁，如：那位现身河水中裸身沐浴的女宿，她打的哑谜跟今天电视综艺节目里"我比画你来猜"是不是有异曲同工之妙？神仙也为嫁女发愁；神仙收了人的礼物会帮助人办事；神仙也跟凡人谈恋爱，还能做到"和平分手"。信神的人太疯狂，导致无物不神，这可不能赖神不灵光，只能说人"病急乱投神"了。

张宽说女宿

　　蜀郡张宽，字叔文，汉武帝时为侍中。从祀甘泉，至渭桥，有女子浴于渭水，乳长七尺。上怪其异，遣问之。女曰："帝后第七车者，知我所来。"时宽在第七车，对曰："天星，主祭祀者，斋戒不洁，则女人见。"

　　【大意】蜀郡（今四川省成都市一带）的张宽，字叔文，汉武帝时曾任侍中一职。他跟随皇帝到甘泉宫（在今陕西省淳化县）祭祀，祭祀的队伍过渭桥时，看见一个女子在渭河里洗澡，她的乳房长达七尺。汉武帝感觉奇怪，就派人去问这个女子。这位女子说："皇帝后面第七辆车中的人，知道我是谁，从什么地方来。"当时张宽在第七辆车上，他回答说："她是天上掌管祭祀的星宿。祭祀的人斋戒不够洁净，这位女星宿就会显形。"

　　此文的焦点不是一个妇女在一队浩浩荡荡的男人面

前洗澡，更不是"乳长七尺"，而是"斋戒不洁"。祭祀是对祭祀的人有要求的，即须斋戒七日。斋是吃素食；戒，当然是戒杀生戒酒色等了。汉武帝去甘泉祭祀前，大概没能虔诚地吃斋，也没能干净地戒需要戒的言行，所以，女宿显形了。女宿是二十八宿中北方玄武七星的第三宿，也称须女、婺女。至于张宽这个人物，是汉武帝和女宿之间的"桥"，是将"斋戒不洁"和"女宿显形"联系起来的桥。除此之外，这个张宽在整个汉代的文献记载中就没露过几次脸。

灌坛令当道

文王以太公望为灌坛[1]令，期年，风不鸣条。文王梦一妇人，甚丽，当道而哭。问其故，曰："吾泰山之女，嫁为东海妇，欲归[2]，今为灌坛令当道，有德，废我行；我行，必有大风疾雨，大风疾雨，是毁其德也。"文王觉，召太公问之。是日果有疾雨暴风，从太公邑外而过。文王乃拜太公为大司马。

【大意】周文王任命姜尚为灌坛县县令。一周年来，政治清明，百姓安生，太平得连风吹树枝都不发出声响。周文王梦见一个女子，长得非常漂亮，在路的中间哭泣。周文王问她为什么哭，她说："我是泰山神的女儿，嫁给西海龙王做媳妇。我就要出嫁了，现在因为灌坛县令很有德行，我就不能（从这里）通过了，因为我要过去

---

1. 灌坛：古地名，现已不可考。
2. 归：女子出嫁。

的话，一定会有狂风暴雨。我担心这些狂风暴雨，会毁坏他的德行啊。"周文王醒来，召见姜尚，询问这件事。这一天，果然有疾风骤雨过境，但避开了姜尚主政的灌坛县城，从其外经过。于是，周文王就任命姜尚为大司马。

周文王就是推演"六爻八卦"、创作《易》的那位神人。《易》后来被称作《易经》，是我国历史上哲学的经典之作，神秘、玄妙，今天的人们还在不断研究，但是至今也没有几个人能研究出个子丑寅卯来。姜尚就是姜子牙，也就是在渭水直钩钓鱼的姜太公，也是个神人。所以，这段故事就有点神乎其神了。

故事告诉我们，一个好领导，其管辖区域内政通人和的时候，风吹树枝都不会发出噪音。至于泰山之女路过时要带来疾风暴雨之类，不过是为了渲染姜尚的仁德，为其被提拔成大司马做铺垫。

欧明求如愿

庐陵欧明，从贾客，道经彭泽湖，每以舟中所有，多少投湖中，云："以为礼。"积数年，后复过，忽见湖中有大道，上多风尘，有数吏，乘车马来候明，云："是青洪君[1]使要。"须臾达，见有府舍，门下吏卒。明甚怖。吏曰："无可怖！青洪君感君前后有礼，故要君，必有重遗君者，君勿取，独求'如愿'耳。"明既见青洪君，乃求"如愿"。使逐明去。如愿者，青洪君婢也。明将归，所愿辄得，数年，大富。

【大意】庐陵郡（今江西省吉安市一带）人欧明，跟随商人做生意，路过彭泽湖，总是把船里的东西或多或少地丢一点到湖里，说："把它作为我的礼物吧。"这样一直过了几年，后来他又一次经过彭泽湖，忽然看

---

1. 青洪君：彭泽湖的湖神。

见湖中有一条大路，路上有很多人间的景物。有几个官吏，驾着马车来迎接欧明，并对欧明说："是青洪君派我们来邀请您的。"一会儿，到达一处，只见有官舍房屋，门口还有差役士卒把守。欧明很害怕。来接他的官吏说："没有什么可害怕的。青洪君感激您前前后后赠送礼品，所以邀请您来。他一定会有贵重的物品送给您，可您不要拿别的礼物，只要'如愿'就行了。"欧明见了青洪君后，就向青洪君要"如愿"。青洪君就让"如愿"跟着欧明走了。"如愿"，是青洪君的一个婢女。欧明带着如愿回家，他的所有愿望总是能够实现，几年以后，欧明就非常富有了。

这是典型的因果报应的故事。民谚说："善有善报，恶有恶报；不是不报，时候未到。"

欧明往湖里抛洒些物品，当作给湖神的礼物，相当于留下了买路钱，终于感动了湖神。嗯，商人不能过于贪婪，要懂得适当地施舍。施舍不仅能使人获得心安，也能获得路途之安。

青洪君是湖神，他的治所却和人间一样，有官舍、府邸、侍卫、车马、婢女……可见，干宝实际上是把人间的事儿搬到了鬼神世界，写鬼神实际上就是在写人。不知那位从湖底来到人间的婢女如愿，后来给欧明生下几个儿女？

蒋山庙戏婚

　　咸宁中，太常卿韩伯子某，会稽内史王蕴子某，光禄大夫刘耽子某，同游蒋山庙。庙有数妇人像，甚端正。某等醉，各指像以戏，自相配匹。即以其夕，三人同梦蒋侯遣传教相闻，曰："家子女并丑陋，而猥垂荣顾。辄刻某日，悉相奉迎。"某等以其梦指适异常，试往相问，而果各得此梦，符协如一。于是大惧。备三牲，诣庙谢罪乞哀。又俱梦蒋侯亲来降已，曰："君等既已顾之，实贪会对。克期垂及，岂容方更中悔？"经少时并亡。

　　【大意】西晋武帝咸宁年间，太常卿韩伯的儿子韩某、会稽内史王蕴的儿子王某、光禄大夫刘耽的儿子刘某，一起游山玩水，来到蒋山庙。庙里有几尊十分端庄的妇女的神像。这三个人喝醉了，各人都指着一个妇女的神像开起玩笑来，说要和这尊女神配成夫妻。就在那天晚上，三个人一同梦见蒋侯派人来传话，对他们说："我家的女儿都生得很丑，谢谢你们不嫌，屈尊前来眷顾。现在就定好某一天，把你们都接了来吧。"这三个人因为梦境很清晰，觉得蹊跷，就试探着互相询问，果然每个人都做了这么一个梦，梦中那个信使的话也一字不差。于是他们害怕起来，准备好牛、羊、猪三牲祭品，来到蒋山庙谢罪，乞求蒋侯哀怜、饶恕。当晚，他们又都梦见蒋侯亲自来到自己家中，说："你们既然已经眷念我的女儿，我实在想让你们成为夫妻。约定的日期快到了，哪能中途反悔呢？"过了不久，这三个人都无疾而终了。

　　我不想说这位蒋侯有多神通、厉害，只想说，庙里岂是随意乱说话的地方？喝多少酒，也不能忘了禁忌啊！很多人随心所欲，在生活中不知道什么是敬畏。

　　还有，我国传统的婚姻观中，说订婚约是一件大事，如同结婚；悔婚是更大的事，如无硬性理由，悔婚者即使肉体活着，其名声在四邻八乡也如同死了一样。

蒋侯与吴望子

会稽鄮县东野有女子，姓吴，字望子，年十六，姿容可爱。其乡里有解鼓舞神者，要之，便往。缘塘行，半路，忽见一贵人，端正非常。贵人乘船，挺力十余，皆整顿。令人问望子："欲何之？"具以事对。贵人云："今正欲往彼，便可入船共去。"望子辞不敢。忽然不见。望子既拜神座，见向船中贵人，俨然端坐，即蒋侯像也。问望子："来何迟？"因掷两橘与之。数数形见，遂隆情好。心有所欲，辄空中下之。尝思啖鲤，一双鲜鲤随心而至。望子芳香，流闻数里，颇有神验。一邑共事奉。经三年，望子忽生外意，神便绝往来。

【大意】会稽郡鄮县（今浙江省宁波市鄮山北）东边的村子里有个女子，姓吴，字望子，十六岁了，长得非常漂亮。乡亲中有个人要去庙里打鼓跳舞，向神还愿，邀请她一同前往，她就去了。她们沿着堤岸走到半路，忽然遇见一个贵族模样的人，生得非常端正。这个人乘船时，划船的小吏就有十多个，都穿戴得十分整齐。他派人来问望子："你们要去哪里？"望子便如实回答了他。他说："我现在正要到那里去，你可以到船上来，咱们一起去。"望子辞谢，说不敢与他同船，那船却忽然不见了。望子来到庙里拜神，只见刚才那船里的人，正庄重端正地坐在那里，原来就是蒋侯的神像。他对望子说："为什么来得这么晚啊？"一边说着一边还扔下两个橘子给她。后来蒋侯多次现出原形见她，两人相好起来，感情日益深厚。望子心里想要什么东西，那东西总会从空中掉下来。她有一回想吃鲤鱼，两条新鲜的鲤鱼就如愿而来了。望子的好名声，在周边数十里传扬，人们都说望子能让人心想事成，非常灵验，因此全县的人都供奉她。过了三年，望子忽然见异思迁了，神灵就和她断绝了往来。

漂亮的女子被豪门贵族相中、热爱，似乎是千古定律。豪门贵族像养宠物一样养这个漂亮的女子，而当这个漂亮女子的所有心愿都被满足的时候，大概寂寥也就来了。想什么有什么，要什么来什么，活得也是实在无趣的。但是，正在热恋中时，却另有别恋，这就不是想寻找刺激，而是人品有缺陷。人心难足，欲壑难填，指的可能就是吴望子这样的人吧。

张助种李

南顿张助，于田中种禾，见李核，欲持去，顾见空桑中有土，因植种，以余浆溉灌。后人见桑中反复生李，转相告语。有病目痛者，息阴下，言："李君令我目愈，谢以一豚。"目痛小疾，亦行自愈。众犬吠声，盲者得视，远近翕赫，其下车骑常数千百，酒肉滂沱。间一岁余，张助远出来还，见之，惊云："此有何神，乃我所种耳。"因就斫之。

【大意】南顿县（今河南省项城市）的张助在田间耕种庄稼，看见一颗李子核，想捡了扔掉它。回头看见一棵空心的桑树，树洞中还有泥土，就把它种在里面，还把喝剩下的薄粥浇在上面。后来有人看见桑树中又长出李树来，这件事就街传巷议地传开了。有一个人眼睛疼，在李树荫下歇息，对李树祈祷说："李树神君，您如果使我的眼病痊愈，我会用一头猪来酬谢您。"眼睛疼本来是小病，自己慢慢就痊愈了。人们竟把这件事无限放大，不断神化，纷纷传言盲人到李子树下祈祷，竟然恢复了视力。于是远近轰动，来李树下拜神的人，所停的车马成百上千，树旁摆满了供奉的酒肉。一年多后，张助从外地回来了，看见这情景，吃惊地说："这里哪有什么神明啊？不过是我把捡到的李子核种在桑树洞里了。"于是他就把李树砍了。

世界文学的源头是民间的口头文学，口头文学有极强的想象力和创造力。不仅是文学，历史也有口头流传下来的形式，神话传说中有些故事甚至被当作曾真实发生过的史实。有些历史学家就把《山海经》当作中国的远古史，不断地进行考证，考证得五花八门，甚至还考证出南美洲在远古时期都可能是我们民族的领地。

这篇小文活灵活现：张助先生随手埋下的一颗李子核，长出树来竟成了李树神；一个得了小小眼疾的人，被讹传成盲人……人言可畏？不！是每个听到故事的人，传给下一个人时，都对故事进行了大胆的创作。不是以讹传讹，而是一个创作接着一个创作，最后，一棵寄生的李树变成了神。当然，人们多么盼望身边能有一尊无所不能、救万民于疾苦的神啊！

我记得有一家电视台做过一期特别的节目，就是把几十人喊到一起，坐在台上，然后主持人把一句话贴着第一个人的耳朵小声说了一遍，让第一个人贴着第二个人的耳朵把主持人的那句话复述一遍，再继续小声地传下去，就这样一个传一个，传到最后一个人时，他复述出来的句子和主持人说的那句话没有一个字相同，内容也完全不沾边，惹得全场哄堂大笑。人们的口头创作能力就是这么强！

肆 · 『事出反常必有妖』

"妖"字总是跟"异"字联系在一起，"事出反常必有妖"，就是说正常的事物由于不寻常的原因发生异变。干宝先生给妖怪下了定义："妖怪者，盖精气之依物者也。气乱于中，物变于外，形神气质，表里之用也。"大致也就是这个意思。

　　在《搜神记》第六卷中，我选取的十一则故事都跟"妖物"或"妖异"之事有关。有些故事讲的是动植物形态或行为的异变，如马变成了狐狸，鼠不停地跳舞，树长成了人形，燕子孵出怪鸟。有些是不明真假的奇闻，如井里出现了龙。有些是人在"作妖"，如宫人给狗戴上官帽、系上印绶，女子把自己的妆容扭曲成怪诞的样子以之为美。还有一些，从今人的科学眼光看来是自然想象，而被古人联想为发生大事的先兆。

　　无论哪类"妖"，它们在这些故事中的作用是有共同之处的：暗示朝代更迭。"天命神授"时总有祥瑞；当"天命"要被收回了，老天爷就要通过"妖异"之事给出这类暗示。这都是古代统治阶级为使自己的"上位"合法化而想出的主意吧！

论
妖
怪

妖怪者，盖精气之依物者也。气乱于中，物变于外，形神气质，表里之用也。本于五行，通于五事，虽消息升降，化动万端，其于休咎之征，皆可得域而论矣。

【大意】妖怪这种东西，大概是阴阳元气（也叫精气）依附到物体上之后形成的。精气弥漫混乱于物体的内部，带来物体外形发生变化。物体的形神和气质，是物体的外表和内部这两种要素作用在物体上的体现。它们根源于金、木、水、火、土五行，贯通于容貌、言谈、观看、聆听、思考五个行为方面。尽管它们有消长、有升降，变化多端，但它们在善恶、吉凶的征兆上，都是可以在一定范围内论说清楚的。

干宝先生给妖怪下的定义非常具体，我没有能力再做多余的阐释。一句话——妖怪是附着在精气神混乱的物体上的，"五行"和"五事"有惶惑，妖怪才乘虚而入。但是，所有的祸福吉凶，都可以预知和讨论，没什么值得恐惧的。有道是：是福不是祸，是祸躲不过。

马化狐

周宣王三十三年，幽王生，是岁，有马化为狐。

【大意】周宣王三十三年（公元前795年），周幽王（姬宫湦）出生，这一年，有一匹马变成了狐狸。

马变成狐狸和周幽王出生之间，有什么必然联系？我不懂其中的数术玄机，但我知道，周幽王是西周的最后一个"天子"。古人很在意世间万事万物的变化，认为有异象，必有异端。

有一个史学家读了这段文字后，说："十分欣喜，终于找到了周幽王的出生时间了。"

龙现井中

汉惠帝二年正月癸酉旦，有两龙现于兰陵廷东里温陵井中，至乙亥夜，去。京房《易传》曰："有德遭害，厥妖龙见井中。"又曰："行刑暴恶，黑龙从井出。"

【大意】汉惠帝二年（公元前193年）正月癸酉那天早上，有两条龙出现在兰陵县（今山东省临沂市兰陵县）廷东里温陵的井中，到乙亥那天夜里才离去。京房在《易传》中说："有德行的人被迫害，征兆就是妖龙出现在井中。"又说："施行刑罚残酷暴虐，就会有黑龙从井中出来。"

实话实说，这段文字看完后，我还真有点懵懂。有德之人被迫害，怎么会和"龙"有关呢？滥用了刑罚，怎么会有"黑龙从井中出来"？龙是皇帝的化身，真龙天子嘛。贤良被害、刑律失去准则，难道龙也不堪忍受，从井中逃离现场？

　　我突然想起，岳飞被害时，宋高宗赵构好像真的躲了起来。躲起来不过是为了"甩锅"而已。

内外蛇斗

汉武帝太始四年七月，赵有蛇从郭外入，与邑中蛇斗孝文庙下。邑中蛇死。后二年秋，有卫太子事，自赵人江充起。

【大意】汉武帝太始四年（公元前93年）七月，赵国有条蛇从城外进到城里来，与城内的蛇在孝文帝的庙下缠斗，后来城内的蛇被斗死了。两年后的秋天，发生了卫太子巫蛊的事情，这事情是由于赵国人江充引起的。

我没看出来赵国城里两条蛇的搏斗，与后来卫太子刘据的"巫蛊案"有什么必然联系。大概只有懂得此中法术的人才看得清楚。不过，我想聊几句英雄一世的汉武帝的事儿。汉武帝就是被一个小官员算计，竟杀了自己的太子并殃及很多人，被灭三族的人就有几个。

巫蛊，是古代的一种巫术，就是把木偶人等带有诅咒性质的物件埋入地下，以期害人。

　　御史江充和太子刘据一向不睦，刘据的妈妈卫皇后更不喜欢江充。江充意识到，一旦汉武帝驾崩，刘据即位，他可能轻则免官，重则殒命。于是，就想趁汉武帝活着时借机除掉太子刘据。这事儿听着就有点儿悬，一个御史要借皇上的手杀皇上的儿子，而且还是太子。江充真是敢想也敢干，而且愣是把这件事做成了。汉武帝晚年病了，江充就密报汉武帝说："皇上您病了，是中了太子刘据所施巫蛊术的缘故。"汉武帝说："你去查实了来报我。"江充把事先准备好的木偶人等物件带在身上，趁去太子的东宫搜查的时候，派人把带去的物件埋在了太子东宫的地下，然后再大喊大叫地派人挖出来。人证物证俱全。接下来还有很多事，我就不啰唆了。最后的结局是太子自尽，卫皇后自杀，太子东宫的人几乎被杀尽。等到汉武帝得知详情并明白过来时，也只能拍着自己的大腿悔恨，也只能把江充等人的三族尽皆诛杀。

　　回到此文吧，那条城外的蛇跑进城里咬死了城里的蛇，难道是预示宫外的江充杀了宫里的刘据？

鼠舞门

汉昭帝元凤元年九月，燕有黄鼠，衔其尾，舞王宫端门中。王往视之，鼠舞如故。王使吏以酒脯祠鼠，舞不休，一日一夜，死。时燕王旦谋反，将死之象也。京房《易传》曰："诛不原情，厥妖鼠舞门。"

【大意】汉昭帝元凤元年（公元前80年）九月，燕国有只黄鼠，叼着自己的尾巴在王宫的正南门跳舞。燕王去看它，黄鼠依然跳个不停。燕王派官吏用酒肉去祭祀，黄鼠还是跳个不停，整整跳了一天一夜，就死了。当时燕王刘旦正在策划谋反叛乱，这是他即将死亡的象征啊。京房在《易传》中说："乱杀人不追问事情的真实情况，对应的怪异的事情就是老鼠在门内跳舞不停。"

又是用京房的《易传》来解释"鼠舞门"事件。不然，我们看到老鼠跳舞，会以为是杂技团的动物演员在表演。

燕王刘旦谋反是史实,遗憾的是《汉书》并没有把"鼠舞门"事件记录史册。或者,遗憾的是燕王刘旦的属下竟没有一个懂《周易》的人,哪怕懂些巫术也好,懂点儿巫术,看到"鼠舞门"的事儿,也许就会去劝刘旦:"当好您的王爷,享受您王爷的清福,别去争那个皇位了。"

狗冠

昭帝时，昌邑王贺见大白狗，冠"方山冠"[1]而无尾。至熹平中，省内冠狗带绶以为笑乐，有一狗突出，走入司空府门。或见之者，莫不惊怪。京房《易传》曰："君不正，臣欲篡，厥妖狗冠出朝门。"

【大意】汉昭帝的时候，昌邑王刘贺看见一条大白狗头戴着方山冠，但是它没有尾巴。到了汉灵帝熹平年间，宫内的人给狗戴帽子、佩戴印绶，供大家取乐。而有一条狗突然跑出朝门，跑进了司空府门，看见这情景的人，都觉得非常讶异。京房在《易传》中说："国君行为不端正，臣下想篡权，对应的怪异之事就是狗戴着帽子跑出朝门。"

民间俗语说："狗戴帽子装人。"嗯，我们身边确

---

1. 方山冠：祭祀宗庙时乐舞人所戴的帽子。

实有很多装人的"狗"。老百姓身边有几条装人的"狗",不过是谋些小利,最大的害处是陷害几个善良的人,对国家的统治不会造成大碍。但是,在皇宫里有装人的"狗",政权就要受到威胁了。

大家知道,从汉灵帝开始,汉王朝就摇摇欲坠了,宫内明争暗斗频发,那些装成人的"狗"都把帽子摘了,直接以恶狗的面目出现,之后不久,持续四百多年的汉朝灭亡,"三国鼎立"开始。

木生人状

　　成帝永始元年二月，河南街邮樗树生枝，如人头，眉目须皆具，亡发耳。至哀帝建平三年十月，汝南西平遂阳乡有材仆地生枝，如人形，身青黄色，面白，头有髭发，稍长大，凡长六寸一分。京房《易传》曰："王德衰，下人将起，则有木生为人状"。其后有王莽之篡。

　　【大意】汉成帝永始元年（公元前16年）二月，河南郡（今河南省洛阳市一带）路边一个官办驿站内的臭椿树，长出的树枝像人头，眉毛、眼睛、胡须俱全，只是没有头发。到汉哀帝建平三年（公元前4年）十月，汝南郡西平县遂阳乡（在今河南省驻马店市西平县）有棵树倒在地上，长出的树枝也像人的形状，身体是青黄色的，面色白净，头上有胡须、头发，后来渐渐长大，共长了六寸一分。京房《易传》中说："君王的德行衰败，地位低下的人将兴起发难，就会有树木长成人的样子。"

那以后不久，就发生了王莽篡汉的事。

树及各种植物长成人或人体器官的形状，并不少见。若按此寓意去判断，天下岂不是"王莽"太多了？

树是土生土长的，意为地位低下的人，而王莽的出身和地位都不低。王莽篡汉，是因为当时的政治环境给他提供了篡汉的机会——几个皇帝都被王莽捏在手中，他不篡汉，自己都说服不了自己了。此文有后人用"树像人状"来穿凿附会之嫌。

梁冀妻怪妆

汉桓帝元嘉中，京都妇女作"愁眉""啼妆""堕马髻""折腰步""龋齿笑"。"愁眉"者，细而曲折。"啼妆"者，薄拭目下，若啼处。"堕马髻"者，作一边。"折腰步"者，足不任体。"龋齿笑"者，若齿痛，乐不欣欣。始自大将军梁冀妻孙寿所为，京都翕然，诸夏效之。天戒若曰："兵马将往收捕：妇女忧愁，蹙眉啼哭；吏卒掣顿，折其腰脊，令髻邪倾；虽强语笑，无复气味也。"到延熹二年，冀举宗合诛。

【大意】汉桓帝元嘉年间，京城的妇女的装扮流行"愁眉""啼妆""堕马髻""折腰步""龋齿笑"。所谓"愁眉"，就是把眉毛画得很细而且弯曲。所谓"啼妆"，就是眼睛下的脂粉涂抹得薄薄一层，像是哭过了一样。所谓"堕马髻"，就是把发髻偏向一边梳扎。所谓"折腰步"，就是走路的时候，做出双脚支撑不住身体的样子。所谓

"龋齿笑"，就是笑的时候，像牙疼一样，很痛苦似的。这些装扮和做法，是由大将军梁冀的妻子孙寿起头的，京城中的妇女都纷纷效仿她，连各个封国的妇女也都学了起来。上天对此所做的垂示是这样的："军队将前去收捕，妇女们忧虑发愁，皱着眉头啼哭；官兵来强夺，折断了她们的腰脊，使她们的发髻倾斜；她们即使强颜欢笑，已不再有什么情趣了。"到延熹二年（159年），梁冀整个宗族都被诛灭了。

亦步亦趋，是整个民族的劣根性之一。梁冀的老婆别出心裁的装扮，惹得京城的妇女们纷纷效仿，根源是梁冀的权威太显赫。"梁冀大将军的太太这般装扮那一定是最美的"，怀着这样心态的妇女们不管是高矮胖瘦一律效仿，把集体无意识彻底彰显、放大。其实今天的人们，依然如此。某电影、电视剧中的服饰和装扮，一人觉得好，众人接着就模仿，跟风而上。不仅是服饰装扮，连演员背台词的语调、语气也被模仿。大街上不是曾流行过"甄嬛体"吗？

梁冀的老婆爱臭美，本无可挑剔，众妇女跟着学，也无可挑剔，但是被干宝这样的史官一解读，问题就大了。这种用政治、道德等绑架生活琐事的事儿，也是常见的。清朝时"清风不识字，何必乱翻书"的"文字狱"事件，我们是记忆犹新的。

　　只是梁冀大将军有点儿冤，娶了个爱装扮的老婆（不能算家教不好吧），自己的整个家族都因她而覆灭了。

燕生巨彀

魏景初元年，有燕生巨彀于卫国李盖家，形若鹰，吻似燕。高堂隆曰："此魏室之大异，宜防鹰扬之臣，于萧墙之内。"其后宣帝起，诛曹爽，遂有魏室。

【大意】魏（曹睿）景初元年（237年），卫国县（今河南省鹤壁市一带）李盖的家里有一只燕子，孵出了一只体形巨大的幼燕，形状像老鹰，嘴像燕子。高堂隆说："这是魏国出现的大怪事啊，在宫廷内应该提防带兵打仗的武臣。"后来，司马懿发动了政变，诛杀了曹爽，控制了魏王朝。

进驻到家里的燕子，一般都是小家燕。一只小家燕孵化出一只老鹰，总不会怀疑这只雌性家燕与雄鹰有什么不轨吧！更不会是老鹰把蛋下到燕子的窝里。所以，燕子孵出鹰的事，应该请动物学家做解释。但是，事发时位居曹魏时期的大官儿高堂隆却判定："这是要祸起萧墙啊，提防那几个带兵打仗的将军吧。"高堂隆是个谏官，也是个大学士，提醒皇帝防备兵变是他职责分内的事，至于由燕子孵化鹰来判断祸起萧墙，大概就是由大量读书得来的古人经验和自己身处曹魏政权之中耳闻目睹司马氏的野心得到的预感吧。

谯周书柱

蜀景耀五年，宫中大树无故自折。谯周深忧之，无所与言，乃书柱曰："众而大，期之会。具而授，若何复。"言：曹者，众也；魏者，大也。众而大，天下其当会也。具而授，如何复有立者乎？蜀既亡，咸以周言为验。

【大意】蜀景耀五年（262年），蜀国皇宫中的一棵大树无缘无故地折断了。（光禄大夫）谯周看到后，深深地为此忧虑，但又没有什么人可以和他谈论这件事，于是他就在自己屋里的柱子上写道："众多而且强大，很快就会来到这里聚集啊。完全交给他们，如何能够恢复？"就是说：曹魏王朝是强大的，兵多人众而势力如潮，天下的人到时候会聚集在他周围的；蜀国有一个软弱的刘备就已经足够了，刘禅又将要禅让皇位，怎么还能出现重新建立蜀汉刘氏王朝的人呢？蜀汉灭亡以后，人们都认为谯周的话得到了应验。

皇宫中大树无故自折，确实不吉利。其实，这棵树不自行倒地，曹魏的势力也已经让蜀汉政权感到岌岌可危了。谯周的判断是一个政治家应该有的敏感与判断。比较孤绝的一句话是："有立者乎"！刘禅（阿斗）都是扶不起来的主儿，哪还有刘家的后人来承接蜀汉！所以，曹魏大军到成都城下时，谯周语重心长地劝刘禅出城投降了。

谯周是诸葛亮比较器重的大臣，诸葛亮认为谯周会死心塌地辅佐蜀汉。但是，当时大势所趋，蜀汉必灭，曹魏必来。于是，谯周写几句话在家里，一是证明自己是个识时务者，二是这几句话若被曹魏的人看见，也许能为将来谋得一口好饭吃。果然，谯周的几句话，深得曹魏集团喜欢。当然，重要的是，是谯周把刘禅带出城投降的。于是，谯周的官儿在曹魏集团继续做了下去。

孙权死征

吴孙权太元元年八月朔，大风，江海涌溢，平地水深八尺，拔高陵树二千株，石碑差动，吴城两门飞落。明年，权死。

【大意】吴国孙权太元元年（376年）八月初一，刮起了大风，江海里的水泛滥，涌上地面，平地的积水有八尺深，还连根拔起了孙权父亲孙坚墓地里的大树两千多棵，陵园里的石碑都被吹得活动而歪斜了，吴国都城的两扇大门也被风刮掉，落在了地上。第二年，孙权就死了。

很显然，当时的吴国遭遇了一场特大台风。台风是天象，天之气象。台风巨大，一定给地面带来异象。第二年，孙权去世。其实任何一年，都有很多人去世。而孙权的死，不过是巧合而已。

伍·喜知『天命』与『听天由命』

本章的故事来自《搜神记》的第七至十卷。这些故事也大都与灵异征兆有关。在有些故事的末尾，干宝先生大发议论起来，说出了自己的态度，讲出了所谓"征兆"和社会动荡与变迁之间的印证关系，虽然缺乏科学依据，却也表现了他作为良史的一种自觉的忧患意识。

　　有两则故事里都提到了一个人——易学家戴洋。他曾因梦见神人的告诫躲过一劫，但不知他为何独受上天如此的偏爱。也许他真有些推演卜算的"神通"，也许他只是碰巧劫后余生，为了彰显自己的本事而杜撰并宣扬出去了这个故事。对于没有接到过"上天指示"的黎民来说，他们就只能听天由命了。后来在庾亮的故事里，戴洋凭易学家的本事充分发挥了主观能动性，但他很可能也加速了庾亮的死去。

　　梦也可以被看作征兆的载体。我从第十卷中选取了四个梦来解读。不过，有一个问题我一直没得到答案，是先有梦，再有事实，还是有了事实后再去做梦？人间复杂，任何事都很难有唯一的答案。

西晋祸征

晋武帝泰始初，衣服上俭下丰，著衣者皆厌腰。此君衰弱、臣放纵之象也。至元康末，妇人出两裆，加乎交领之上，此内出外也。为车乘者，苟贵轻细，又数变易其形，皆以白篾为纯，盖古丧车之遗象。晋之祸征也。

【大意】晋武帝泰始初年，衣服流行的款式是上身做得短小、下身做得长大复杂，穿衣服的人都把上衣束在腰里。这是君主衰弱、臣下放纵的象征。到了元康末年（299年），女装中出现了"两裆"这种款式，即把背心穿在交领外衣的外面，这是把内衣穿到了外面。那时，制作车辆的人，草率地迎合世俗而崇尚轻小，又屡次在车的外观上做出一些变化，都用白色的竹篾为镶边，这是古代灵车留下来的形制。这些都是晋朝将要遭受灾难的征兆。

这篇小文，倘若今天的青年人读了，一定觉得可笑。背心穿在外面怎么了？现在有人把短裤都穿在裤子外面，又怎么了？穿衣服还和政权状态有关？

　　西晋的灾难肯定不是妇女如何穿衣服造成的。怎样穿衣服，是妇女的生活理想和未完成的梦。她们的喜好会用穿衣服这种方式表达出来，当然，如何穿衣服并不是她们表达喜好的唯一途径。

　　人们的着装确实能反映社会风气和道德伦理秩序的遵守、施行状态，可是用来解说政权状态，有些过于牵强了吧？

翟器翟食

胡床¹、貊盘²，翟³之器也。羌煮⁴、貊炙，翟之食也。自泰始以来，中国尚之。贵人富室，必畜其器，吉享嘉宾，皆以为先。戎、翟侵中国之前兆也。

【大意】马扎、盛肉的盘子，是北方狄族人使用的器具；羌煮、烤肉，是北方狄族人的食物。从晋武帝泰始年间以来，中原地区的人们崇尚这些器具，流行吃这类食物。贵族豪富之家，都备有这些器具，设宴、祭祀、请客等，都会把羌煮、烤肉等菜肴端出来。这是西戎、北狄等民族入侵中国的先兆啊。

---

1. 胡床：又称交床，就是折叠床。本文所说的应该是可以折叠的马扎。
2. 貊盘：貊，我国古代称东北方的民族，应该是游牧民族。貊盘是盛食物的盘子类器皿。
3. 翟：与"狄"相通，北方少数民族的泛称。
4. 羌煮：羌是羌族，羌煮相当于"手抓肉"或各种肉的"乱炖"。

使用少数民族的器具，食用少数民族的食品，是少数民族欲入侵的先兆？不得不说这其实是大汉民族给自己王朝的衰微找的理由。

晋武帝司马炎，也是比较宽厚的皇帝。在皇帝这个职位上，宽厚可能是弱点。此文其实是在暗示，之后不久，就爆发了"五胡乱华"。

败屦聚道

元康、太安之间，江淮之域有败屦[1]自聚于道，多者至四五十量。人或散去之，投林草中。明日视之，悉复如故。或云："见狸衔而聚之。"世之所说："屦者，人之贱服。而当劳辱，下民之象也。败者，疲弊之象也。道者，地理，四方所以交通，王命所由往来也。今败屦于道者，象下民疲病，将相聚为乱，绝四方而壅王命也。"

【大意】晋惠帝元康、太安年间，长江、淮河流域，有破烂草鞋积聚在道路上，多的地方竟达四五十双。人们有时把它们丢出去，扔进树林草丛中。第二天再去看，又全部恢复成了老样子。有人说："看见是野猫把它们叼着积聚在一起的。"民间流传的说法是："草鞋，是人低贱的穿戴，穿着它受劳苦和被欺辱，因此它是卑贱

---

1. 屦：草鞋。

平民的象征。破烂，是穷乏破败的象征。道路，是土地的纹理，四方交会通达的凭借，帝王的命令要靠它来传递。现在破草鞋积聚在道路上，象征着老百姓疲乏困苦，将聚集起来造反，断绝各地的交通、堵塞圣旨的传达啊。"

晋惠帝是司马衷，司马衷的皇后是贾南风。贾南风在中国历史上是最狠毒的皇后，不是之一。杀皇太后，杀太子，直接引发"八王之乱"。统治集团内部纷争，必然带来民不聊生。"草鞋"集聚是必然的，也是不可阻挡的。有道是：官逼民反，民不得不反。元康和太安之间是永康年，永康元年（300年）十二月，益州刺史赵廞率领从中原逃到四川的流民在成都举旗造反。"流民"者，"草鞋"也。

羽扇长柄

旧为羽扇柄者，刻木象其骨形，列羽用十，取全数也。初，王敦南征，始改为长柄，下出，可捉，而减其羽，用八。识者尤之曰："夫羽扇，翼之名也。创为长柄，将执其柄以制其羽翼也。改十为八，将未备夺已备也。此殆敦之擅权，以制朝廷之柄，又将以无德之材，欲窃非据也。"

【大意】过去做羽毛扇的扇柄，把木头刻成扇子的骨架，编织排列十根羽毛，取用"十"这个整数。当年，王敦南征的时候，开始把扇柄改为长柄，下端突出一段，可以让人用手握住它，同时减少了扇子的羽毛，只用八根。有见识的人批评说："羽毛扇，是一个表示羽翼的名称。王敦创造出长柄，是要握住扇柄，来控制它的羽翼；把十根改成八根，是打算用不完备的取代已经完备的。这大概是暗示着王敦独擅大权，控制着朝廷的所有权力，又将要凭没有德行的人才，去窃取皇位。"

王敦有点儿冤枉——长柄羽扇在西汉时就有了。三国时，诸葛亮手里拿着的就是长柄羽扇。至于扇子上的羽毛是用十根还是八根，我没看到过有这方面的规定。王敦是否把十根羽毛改用八根羽毛，我也没找到证据。或者，王敦觉得八根羽毛的扇子，扇出的风就足够了，也未可知。用减少羽毛数来判断其"用未完备的取代已完备的"，似乎过于勉强了。但是，说王敦要谋权篡位，确是真的。王敦官至东晋的丞相、大将军，外有兵权，内掌朝政。当他看到司马睿羸弱，想篡权上位，从英雄主义的方向去认识是可以理解的，但作为臣子就是不忠了。其实，王敦对两晋都有功，那是臣子的功，篡位就是谋反了。谋反失手，也就身败名裂了，被后人唾骂也是必然的。

舜得玉历

虞舜耕于历山，得"玉历"[1]于河际之岩，舜知天命在己，体道不倦。舜龙颜、大口，手握"褒"。宋均注曰："握褒，手中有'褒'字，喻从劳苦，受褒饬，致大柞也。"

【大意】虞舜在历山（在今山东省济南市历下区，今称千佛山）耕地，从黄河边的岩石上拾到"玉历"，舜如同感觉到了天神要把天下托付给自己的旨意，于是努力地躬行正道而不知疲倦。舜长得眉骨突起，嘴巴宽大，手心的纹路犹如握着一个"褒"字。宋均作注说："握褒，是手掌中握着'褒'字，说明他出身劳苦，但后来受到褒扬嘉奖，以致登上大位。"

---

1. 历：原指正朔，引申为历数、国运，这里可以理解为历书。玉历，就是从天而降、记载有朝代更迭信息的历书。另，有些版本将"玉历"写作"玉鬲"。鬲是一种古陶器，用于蒸煮食物，其最基本的特征是三个肥大形似布袋（也有说形似牛乳房）的足。

我们的史书里统一口径为：尧禅位给舜。那么，舜为什么还会捡到"玉历"呢？——尧禅位给舜，仅是尧及部族人的意思，如果再有天意，岂不更好？岂不更是顺天应人了吗？

我为什么不采用"玉鬲"一说呢？因为"玉鬲"是商代的器皿，一个煮饭用的厨具，总不能说天意让舜管老百姓吃饭吧。当然，"玉历"也不可靠，尧舜时期，玉还没有被赋予更多的象征和引申意义，制作成"历"的可能性几乎没有。再说，我国到了夏朝才有"历"。

武王平风波

武王伐纣，至河上。雨甚，疾雷，晦冥。扬波于河。众甚惧，武王曰："余在，天下谁敢干余者？"风波立济。

【大意】周武王讨伐商纣王，行进到黄河边，大雨如瓢泼，雷声荡荡，天昏地暗。黄河内波涛翻滚。大家都很害怕，周武王说："我在这里，天下有谁敢来冒犯我！"风波马上就平息了。

周武王真是豪横！表现出了大无畏的英雄主义精神。可谓：惊天地泣鬼神！"武王伐纣"是尽人皆知的历史事件。商纣王残暴、昏庸，但武装力量并不弱，武王要推翻商朝，也不是容易的事。但是，武王伐纣的决心是铁定的了，所以要对天喊话：大雨不能阻挡我！一句高喊，大雨即停，商朝焉能不灭？好吧，天助武王。

赤虹化玉

孔子修《春秋》，制《孝经》，既成，斋戒向北辰而拜，告备于天。天乃洪郁起白雾，摩地，赤虹自上而下，化为黄玉，长三尺，上有刻文。孔子跪受而读之，曰："宝文出，刘季握。卯金刀，在轸北。字禾子，天下服。"

【大意】孔子修订《春秋》，编修《孝经》，完成后，便斋戒饮食、洁净身心，对着北极星跪拜，并向上天报告他所做的事。于是，天空就涌起大团大团的白色大雾，直到弥漫了大地，接着又有红色的虹霓从天上垂下来，落地就变成了黄色的玉，有三尺长，黄玉上面雕刻着文字。孔子跪着接受了这块玉，然后诵读那上面的文字，文字是："玉文出世，天下要被刘季所掌握。卯金刀之刘氏，出生在轸星之北。他的字是禾子之季，天下的人都会归服于他。"

《春秋》是孔子依据鲁国史书所编修的一部编年史，被奉为儒家思想的经典。但是，《孝经》却不是孔子编修的。《孝经》是汉代的儒学家们编撰的，当然也是儒家经典著作。

　　这段文字，首先是要借孔子的大名给汉朝做广告，再把孔子神化，让孔子接受天意。最后交代：刘季（刘邦）创建汉朝是天意，是合法的。

戴洋梦神人

　　都水马武举戴洋为都水令史，洋请急还乡，将赴洛，梦神人谓之曰："洛中当败，人尽南渡。年五年，扬州必有天子。"洋信之，遂不去。既而皆如其梦。

　　【大意】都水马武举荐戴洋为都水令史（一个小官），戴洋说要请假回趟老家，即将到洛阳的时候，戴洋夜里做梦，梦见一位神人对他说："洛阳很快会陷落，这里的人都要渡江逃到南方去。五年后，扬州必定会出一位皇帝。"戴洋相信了梦里神人的话，就没有去洛阳。后来发生的事情都和他梦里的内容一样。

　　戴洋是西晋时期的易学大师，易学就是《易经》学，所谓大师就是能融会贯通、活学活用的人。戴洋是晋代的官员，只是官职不高，不如他易学大师的名声那样大。

　　自己做的梦，只有自己知道。而这篇文章却用客观的语气说戴洋做了一个这样的梦，显然是戴洋自己说出来的梦境。这个梦的核心是：扬州要出现一个新的天子皇帝，这是"天意""神授"托给我的梦。其实，就是让司马睿成为新皇帝合法化的一个小伎俩。那时，司马睿任安东将军，都督扬州的军政事务。五年后，司马睿建立东晋，成为晋元帝。

张颢得金印

常山张颢为梁州牧，天新雨后，有鸟如山鹊，飞翔入市，忽然坠地。人争取之，化为圆石。颢椎破之，得一金印，文曰"忠孝侯印"，颢以上闻，藏之秘府。后议郎汝南樊衡夷上言："尧、舜时旧有此官。今天降印，宜可复置。"颢后官至太尉。

【大意】常山郡（今河北省石家庄市以北）人张颢，当了梁州牧。一天，刚下过雨，有一只像山鹊的鸟，飞进集市，忽然坠落到地上。人们都争着去捡这只鸟，这只鸟却变成了一块圆圆的石头。张颢用锤子把石头打破，得到了一枚金印，印文上写着："忠孝侯印。"张颢把这枚金印呈给皇上，金印便被收藏进了朝廷的密阁。后来，议郎（官名）汝南郡人樊衡夷上奏说："尧、舜时代曾经有过这种官职。现在上天降下这枚官印，应该把这个官职再重新设置起来。"张颢做官到后来就做到了太尉。

我都没心情笑了——又遇见一例合伙骗皇上的事。

鸟变石头的故事是张颢编造的，金印是张颢自己制作的，朝廷里的内应是樊衡夷。目的就是让不想在梁州做官的张颢到京城的朝廷里去做官吗？

本文可能还有一层意思，即讽刺汉朝的各级官员嘴上大喊大叫要全国人民都遵行孝道，而皇帝们却不执行。

诸葛恪被杀

　　吴诸葛恪征淮南，归，将朝会之夜，精爽扰动，通夕不寐。严毕趋出，犬衔引其衣。恪曰："犬不欲我行耶？"出，仍入坐，少顷，复起，犬又衔衣。恪令从者逐之。及入，果被杀。其妻在室，语使婢曰："尔何故血臭？"婢曰："不也。"有顷，愈剧。又问婢曰："汝眼目瞻视，何以不常？"婢蹶然起跃，头至于栋，攘臂切齿而言曰："诸葛公乃为孙峻所杀。"于是大小知恪死矣。而吏兵寻至。

　　【大意】吴国诸葛恪征讨淮南回来，准备进宫朝见君主的头天晚上，心烦意乱，精神不安，整个晚上都没睡着。第二天，他穿戴整齐后准备出门，家里养的狗咬住他的衣服拉着不放。诸葛恪说："狗不想让我走吗？"出了门，又进门，坐下。过了一会儿，他再次起身，狗又咬住他的衣服。诸葛恪叫家里的仆从赶走了狗。等他进宫后，果然被杀了。他妻子在家里，问她的丫鬟说："你身上为什么有血腥气?"丫鬟说:"没有啊。"过了一会儿,血腥气更厉害了。她又问丫鬟说:"你的眼睛东张西望的,为什么和平常不一样?"这丫鬟突然跳了起来,头直挺挺撞到梁上,抱紧臂膀咬牙切齿地说:"诸葛公竟然被孙峻给杀了。"于是一家老小都知道诸葛恪死了。不一会儿,官兵们就来府上抄家了。

　　诸葛恪是三国时东吴诸葛瑾的儿子、诸葛亮的侄子,从小就聪慧过人。有个"诸葛瑾之驴"的故事,就是由诸葛恪"主演"的。东吴孙权死前,诸葛恪是托孤大臣之一,后来诸葛恪杀了另一个托孤大臣孙弘,并扶持孙亮做了东吴的皇帝。诸葛恪逐渐独揽朝政大权,满朝文武都臣服在他的威严之下。他自己也开始不知天高地厚地膨胀,东吴建兴二年(224年),举兵伐魏,在淮南吃了大败仗,灰溜溜地回来。一直想灭掉诸葛恪的孙峻联合皇帝孙亮,设计了一场"鸿门宴",席间就把诸葛恪杀掉了,并灭了他的三族。

　　诸葛恪对东吴有功,辅佐孙亮有功,但不能功高盖主。皇帝孙亮安排提拔几个官员,诸葛恪不同意,皇帝的圣旨就作废了。然后,诸葛恪自己重新安排提拔一些官员。他这就是不知道自己是谁了,被杀是必然的。狗只认主人,不懂得善恶。很多动物都有先知先觉的能力,大概那天早上，诸葛恪养的狗感应到了主人出门不祥，所以几次三番地咬住衣服不让主人出门。诸葛恪出门被杀，他的家族被灭，不知道那条忠于主人的狗，命运怎样了？

庾亮受罚

　　庾亮，字文康，鄢陵人，镇荆州。登厕，忽见厕中一物，如"方相"[1]，两眼尽赤，身有光耀，渐渐从土中出。乃攘臂以拳击之，应手有声，缩入地。因而寝疾。术士戴洋曰："昔苏峻事，公于白石祠中祈福，许赛其牛，从来未解。故为此鬼所考，不可救也。"明年，亮果亡。

　　【大意】庾亮，字文康，鄢陵县（今河南省许昌市鄢陵县）人。他镇守荆州的时候，有一次上厕所，忽然看见厕所里有一个怪物，形状像能驱鬼降魔的神灵"方相"。这个怪物两只眼睛通红，身上闪闪发光，慢慢地从泥土中钻出来。庾亮捋起袖子，攥紧拳头就打这个怪物。随着手起拳落的声音，那怪物又缩进泥土中去了。此后，庾亮就卧病在床了。易学专家戴洋对庾亮说："以前苏

1.方相：古代传说中能驱鬼降魔的神灵。

峻起兵作乱的时候，您在白石祠中祈福，许愿用牛来酬神，但您从来没有去还愿，所以要被这鬼怪惩罚，现在，您的病已经没救了。"第二年，庾亮果然就死了。

看完这段文字，我沉思半晌，仔细想我是否有过许愿未还的事儿，想了一会儿，笑了。我没在任何地方许过愿。那么有没有答应过别人的事而没办的呢？好像也没有。于是我心里踏实了。诚实守信，是为人之根本啊。

信誓旦旦说过的话，后来不去实行，甚至反其道而行之，轻则是小人的骗局，重则是奸佞之举。这样的人，我们身边太多了。这样的人，什么时候会遭到报应？我真不知道，大概是"方相"先生掌握着报应的时间表呢。

庾亮是东晋的重臣，应该和干宝同朝为官，两人是共过事的。而且，庾亮死于 340 年，干宝死于 336 年，也就是说干宝并没有看到庾亮的死。那么，此篇文章应该是有人假托干宝之名写的，不是《搜神记》的原作。关于庾亮的死，事实是，庾亮因北伐遇挫，抑郁烦闷成疾，卧病不起而死，死时仅五十二岁。

和熹邓皇后梦

汉和熹邓皇后，尝梦登梯以扪天，体荡荡正清滑，有若钟乳状。乃仰嗽饮之。以讯诸占梦。言："尧梦攀天而上，汤梦及天舐之，斯皆圣王之前占也。吉不可言。"

【大意】汉和帝时的和熹邓皇后，曾经梦见自己爬上梯子去摸天，那天体平坦宽广，非常清凉滑爽，有的地方形状就像钟乳石一样，她就仰头去吮吸。她向会解梦的人问这个梦的吉凶，占梦的人说："尧帝曾梦见自己沿着天梯向天上爬，商汤也曾梦见自己碰到了天并舔它，这都是当圣王的预兆。您的梦吉利到没得说了。"

和熹邓皇后名叫邓绥，她有资格做这样的梦。她的丈夫汉和帝刘肇死后，她就成了太后，从此把持朝政十六年。《后汉书》这样评价邓太后："自太后临朝，水旱十载，四夷外侵，盗贼内起。每闻人饥，或达旦不寐，而躬自减彻，以救灾厄，故天下复平，岁还丰穰。"大意是：自从邓太后临朝听政以来，水旱之灾共有十年，周边外夷入侵，国内盗贼兴起不绝。太后每听到老百姓闹饥荒的消息，有时通宵不能入睡，亲自减少或撤除生活供给，用以救济灾难困苦，所以天下恢复太平，粮食还获得丰收。

尽管史学家对邓皇后的评说不一，但总体上对她的执政能力还是认可的。所以，她这个梦不是痴心妄想。

孙坚夫人梦

孙坚夫人吴氏，孕而梦月入怀，已而生策。及权在孕，又梦日入怀。以告坚曰："妾昔怀策，梦月入怀；今又梦日，何也？"坚曰："日月者，阴阳之精，极贵之象，吾子孙其兴乎？"

【大意】孙坚的夫人吴氏，怀孕时梦见月亮进入她的怀里，后来就生了孙策。等到怀孙权时，她又梦见太阳进入自己的怀里。她把这件事告诉孙坚，说："我过去怀孙策，梦见月亮进入我的怀里；今天又梦见太阳进入我的怀里，这是为什么呢？"孙坚说："太阳和月亮，是阴阳的精气，是极其显贵的象征，我们的子孙大概要兴旺了吧！"

孙坚的夫人吴氏做了两次梦，他们孙家就与日月同辉了。乍听起来好像这两个儿子及孙家的荣耀与孙坚无关，而是吴氏做梦得来的。其实不然，没有孙坚的奋斗，没有孙坚占据江东广大疆土，孙策未必能成气候，孙权更无法具备开疆扩土的本事。

三国鼎立，东吴占一席，只不过是孙坚、孙策栽树，孙权纳荫乘凉而已。

汉灵帝梦

汉灵帝梦见桓帝，怒曰："宋皇后有何罪过，而听用邪孽，使绝其命。渤海王悝，既已自贬，又受诛毙。今宋氏及悝，自诉于天，上帝震怒，罪在难救。"梦殊明察。帝既觉而恐，寻亦崩。

【大意】汉灵帝梦见汉桓帝愤怒地对他说："宋皇后有什么罪过，你却听信谗言，使她丧了命？渤海王刘悝已经请求贬谪自己了，却又遭到你的诛杀。现在宋皇后和刘悝，各自向天帝申诉，天帝发怒了，你的罪恶已经难以救赎了。"这梦境特别清晰。汉灵帝醒来后感到十分恐惧，过了不久，他也死了。

汉灵帝该是日有所思而夜有所梦了。他知道宋皇后是被冤杀的，更知道自己听信了谗言，为此一直心有戚戚，谁来骂他几句，他心里会舒服些。终于，老皇帝在梦里呵斥了他一顿，他坦然了，也就无牵无挂地死去了。

徐泰梦

　　嘉兴徐泰，幼丧父母，叔父隗养之，甚于所生。隗病，泰营侍甚勤。是夜三更中，梦二人乘船持箱，上泰床头，发箱，出簿书示曰："汝叔应死。"泰即于梦中叩头祈请。良久，二人曰："汝县有同姓名人否？"泰思得，语二人云："张隗，不姓徐。"二人云："亦可强逼。念汝能事叔父，当为汝活之。"遂不复见。泰觉，叔病乃差。

　　【大意】嘉兴（今浙江省嘉兴市）的徐泰，很小的时候他父母就去世了，叔叔徐隗抚养他，对他比对自己亲生的儿子还好。徐隗病了，徐泰服侍照料得十分尽心。这天夜里的三更时分，徐泰梦见两个人坐船，手提着箱子，来到自己的床头。他们打开箱子，拿出生死簿给徐泰看，说："你叔父徐隗的死期到了。"徐泰马上就在梦中跪地向那两个人求情。过了很久，那两个人说："你们县里有没有和你叔父姓名相同的人？"徐泰想到了一个人，就对那两个人说："有一个叫张隗的，不姓徐。"那两个人说："也勉强近似吧。顾念你能服侍照料你叔父尽心尽力，应当为你救活他。"说罢这两个人就消失了。徐泰醒来后，叔父的病就痊愈了。

张隗招谁惹谁了？就因为徐隗养活亲侄子，或者是个好人，不能死，而让另一个好人去死？或许阴曹地府有制度，某日某夜要在阳间收走一个名字叫隗的人去做鬼，执行收人任务的小鬼儿接受了徐泰几个响头的贿赂，就私自把徐隗换成张隗了。太不严肃了！不知道阴曹地府有没有王法？这两个小鬼儿会不会接受惩罚？

喂！这是阴间的事儿，还是阳间的事儿？

陆 · 正气与浊气

我从第十一、十二卷中选了些故事来讲一讲"正气"和"浊气"。

　　先说"正气"，就是士大夫所注重的道德准则。从干宝先生的时代来看人之根本，或者说，应该是儒家之根本，就是孝。此外围绕"孝"字的，还有忠诚及仁义礼智信之类。关于"正气"我选取的故事多是赞颂孝子贤妇和仁人志士的。他们或者身体力行地实践自己的道德准则，或者苦口婆心，巧妙劝诫当政者仁爱天下。值得注意的是王裒的故事。所谓"忠孝不能两全"，这其中含有选择的主动性，"忠"虽在前，却要看效忠的对象是何等样的君王。在这一点上，士大夫是有操守的，不是"愚忠"的。

　　元气上升则为阳气；浊气下沉，既浊又暗，会生成怪物。人的元气发生变化，就会生出许多怪异之事。几则故事读得我心惊肉跳——试问你我在极端天气下的野外遇见"霹雳神"这种怪物，怕不怕？无端遭人暗算，更是防不胜防。然而古人相信"善恶有报"，正义之士不怕邪祟。于是有人竟敢与"霹雳神"搏斗。这也反映了"气"之沉浮，而人须向上，不可沉沦吧。

东方朔消患

汉武帝东游，未出函谷关，有物当道。身长数丈，其状象牛，青眼而曜睛，四足入土，动而不徙。百官惊骇。东方朔乃请以酒灌之。灌之数十斛而物消。帝问其故。答曰："此名为患，忧气之所生也。此必是秦之狱地，不然，则罪人徒作之所聚。夫酒忘忧，故能消之也。"帝曰："吁！博物之士，至于此乎！"

【大意】汉武帝往东巡游，还没有出函谷关，就有一个怪物挡住了道路，那怪物身长好几丈，它的形状像牛，青色的眼睛，眼珠子闪着多彩的光，四只脚插入泥土中。它的脚虽然动，却不移动位置。随汉武帝出行的百官们都惊恐不已。东方朔站出来，请人拿来酒并用酒来浇灌这个怪物。几十斛酒浇过之后，那怪物就消失了。汉武帝问东方朔："这是什么缘故？"东方朔回答说："这怪物的名字叫'患'，是忧郁的冤气聚集所产生出来的。

这里原来一定是秦国监狱的所在地，如果不是，那么就一定是罪犯服劳役的地方。酒能用来忘记忧愁，所以能把它消去。"汉武帝说："啊！真是知识渊博的才子啊，这样的事情都知道！"

东方朔确实是个博学多才的人，熟读诸子百家，略懂经学。他的辞赋文章，被后人广泛认可。汉武帝即位初年，征召天下贤士才子。各地士人、儒生纷纷上书应聘。东方朔写了三千片竹简的内容上书，这些竹简要两个人才扛得起，武帝则花了两个月的时间才读完。汉武帝虽然认为东方朔有才，但并不把东方朔当作政治人才，而是经常带在身边当"开心果"，就是解闷儿的。东方朔也乐得给汉武帝当"开心果"，对自己始终是个官级很低的侍中也不在意。东方朔不去跪舔，还有些调皮、幽默甚至耍怪，始终保持着一个作家或知识分子的自尊。但是，他对汉武帝忠心耿耿是不打折扣的，他这个"开心果"做得一直很好。此文，就是讲汉武帝巡游的路上遇到了"患"，而东方朔告诉汉武帝：有"患"就用酒浇灌，直到"患"消散。借酒浇愁在这里是有效果的，至于是否"秦时狱地"不重要。

这个故事还有一个版本，内容差不多，只是"患"

变成了"怪哉"。都是说东方朔这颗"开心果"在关键时刻，能让汉武帝开心的。我把另一个版本的故事录在这里吧。

汉武帝游幸甘泉宫，看到驰道中有一只红色的小虫，它牙齿、耳、鼻齐全，但没人认识这是什么虫子。汉武帝让东方朔来看，东方朔看完之后回答说："此虫名叫'怪哉'。此地曾经关押了很多无辜的人，众人哀愁怨恨，都仰首叹息：'怪哉怪哉！'借此而感动了上天。这种小虫因愤而生，所以名叫'怪哉'。此处必定是当年秦朝的狱所。"汉武帝当即翻阅地图，果然如东方朔所说。汉武帝又问："如何驱赶这种虫子呢？"东方朔回答："但凡有忧愁的人，有酒则解愁，陛下用酒灌它，它自然就消失了。"于是武帝使人将虫子放置在酒中，过了一会儿，它果真消散于无形了。

谅辅祷雨

后汉谅辅，字汉儒，广汉新都人。少给佐吏，浆水不交。为从事，大小毕举，郡县敛手。时夏枯旱，太守自曝中庭，而雨不降。辅以五官掾出祷山川，自誓曰："辅为郡股肱，不能进谏纳忠，荐贤退恶，和调百姓，至令天地否隔，万物枯焦，百姓喁喁，无所控诉，咎尽在辅。今郡太守内省责己，自曝中庭，使辅谢罪，为民祈福。精诚恳到，未有感彻。辅今敢自誓：若至日中无雨，请以身塞无状。"乃积薪柴，将自焚焉。至日中时，山气转黑，起雷，雨大作，一郡沾润。世以此称其至诚。

【大意】东汉时的谅辅，字汉儒，是广汉郡新都县（今四川省成都市新都区）人。他年轻时供职佐吏，十分廉洁，连别人的淡酒茶水都不接受，后来任从事（官名）时，大大小小的事情他都处理得非常妥帖。因此，郡县的官吏都很敬重他。那一年夏天大旱，太守亲自站在院子中曝晒自己以求雨，但雨仍然不下。谅辅以五官掾的身份出去向山川之神祈祷，他自己发誓说："我谅辅是广汉郡守的股肱下属，不能进忠言、举贤才、斥退邪恶之人、促进官府与老百姓之间的和谐，致使天地闭塞不通，万物枯焦，百姓只能仰望天空盼雨，没有地方控诉，这罪过都在我谅辅身上啊。现在郡太守已经反省责备自己，在院中曝晒，还派我来向上天谢罪，为民众求福，太守的真诚恳切，现在还没有能感动上天。我谅辅现在敢对天发誓，如果到中午还不下雨，请求用我的身体来抵偿（郡守的）罪过。"于是他就堆起柴草，准备自焚。到中午的时候，山间的云气转黑，雷声大作，倾盆大雨从天而下，整个广汉郡都湿润浸透了。因此，世人都称赞他是极其真诚的人。

我国古来确实有种说法：地方官品行不端，会给当地的百姓带来祸殃。这个广汉郡守有养恶抑善的行径，导致广汉郡遭遇大干旱。当郡守醒悟，自曝身体以赎罪时，为时已晚。一个罪孽深重的人，无论老天爷还是阎王爷都不会轻易饶过他的。可是，广汉郡的百姓无辜，于是，谅辅以自身代郡守受罚，甚至以自焚要挟老天爷。老天爷终于被谅辅感动，也觉得老百姓实在可怜，就在谅辅要点火自焚前，雷雨大作，救了百姓，也救了谅辅。

谅辅是为百姓舍身求雨，还是舍身为上司赎过？

白虎墓

王业，字子香，汉和帝时为荆州刺史。每出行部，沐浴斋素，以祈于天地："当启佐愚心，无使有枉百姓。"在州七年，惠风大行，苛慝不作，山无豺狼。卒于枝江，有二白虎，低头，曳尾，宿卫其侧。及丧去，虎踰州境，忽然不见。民共为立碑，号曰："枝江白虎墓"。

【大意】王业，字子香，汉和帝时任荆州刺史。他每次外出巡视部属，都沐浴斋戒，身心清净，然后向天地祈求："请天神地神启发、帮助我这一颗愚昧的心，别让我做出辜负百姓的事情来。"他在荆州任刺史七年，仁善的风气盛行，没发生过一次恶性事件，连山中的豺狼都没有了。后来，他死在枝江，有两只白虎低着头拖着尾巴，守卫在他的身边。等到他丧事办完，那两只老虎便越过荆州州界，忽然就不见了。老百姓一起给王业与老虎立了块碑，称为"枝江白虎墓"。

所谓好官，就是不断地自省、自责、自爱的人。爱是互相的，一个当官的爱护老百姓，老百姓自然也爱戴这个当官的。热爱比刑罚更有力量。好官会使一个地区有良好的政治、人文环境。王业在荆州七年，惠风和畅，仁爱盛行，豺狼都躲避。

　　都说老虎凶猛，但是面对好官，老虎也能知善恶、辨忠奸。为老虎立碑，当为枝江百姓们的首创。

曾子之孝

曾子从仲尼在楚，而心动，辞归问母。母曰："思尔，啮指。"孔子曰："曾参之孝，精感万里。"

【大意】曾子随着孔子在楚国游荡，突然心里一疼。于是就对孔子说："我心里疼了，我要回家看看母亲。这次就不再跟您继续走了。"曾子回到家，母亲说："我想你了，就咬自己的手指头。"孔子知道了这件事后，说："曾参的孝心是伟大的，他的精神能感应到万里之外。"

十指连心，母亲咬手指，儿子心就疼，这是真正的母子连心。曾子是历史上名声很大的孝子，这件"啮指"的事是件小事儿。孔子之所以是圣人，就在于他不但不责怪曾子不跟着自己继续游学，反倒因为学生回家看母亲而为其感到自豪：看我这学生，多有孝心！我带队的游学采风，他为了看母亲都半途而归，这就是伟大啊！

王裒守墓

王裒，字伟元，城阳营陵人也。父仪，为文帝所杀。裒庐于墓侧，旦夕常至墓所拜跪，攀柏悲号。涕泣着树，树为之枯。母性畏雷，母没，每雷，辄到墓曰："裒在此。"

【大意】王裒，字伟元，城阳郡营陵县（在今山东省昌乐县东南五十里古城）人。他父亲王仪，被晋文帝司马昭杀害。王裒在父亲的坟墓旁盖了一间守丧住的草屋，早晚常在父亲的墓边行礼跪拜，扶着柏树悲痛地大哭。他的眼泪落到树上，树都干枯了。他母亲天生害怕打雷，母亲去世后，每逢打雷，他总是来到母亲的坟墓边上说："娘别怕，王裒在这儿呢。"

王裒是"二十四孝"人物之一。

王裒的父亲王仪官至西晋的安东司马，晋文帝司马昭因为东关之战战败，发邪火，莫名其妙地把王仪杀了。

王衰从此下定决心，坚决不去做官。朝廷三番五次地请他入朝为官，他都以守父母陵墓为由拒绝，就在乡村里靠教书过活。

此文最后一句，实在是太感人了："娘别怕，王衰在这儿呢！"是呀，有这样的儿子守着，天上、人间无论打什么样的雷，都不值得害怕！

地中犀犬

　　晋惠帝元康中，吴郡娄县怀瑶家，忽闻地中有犬声隐隐。视声发处，上有小窍，大如螾穴。瑶以杖刺之，入数尺，觉有物。乃掘视之，得犬子，雌雄各一，目犹未开，形大于常犬。哺之而食。左右咸往观焉。长老或云："此名'犀犬，'得之者，令家富昌，宜当养之。"以目未开，还置窍中，覆以磨砻，宿昔发视，左右无孔，遂失所在。瑶家积年无他祸福。

　　【大意】晋惠帝元康年间，吴郡娄县（今江苏省昆山市娄苑路一带）怀瑶家，（人们）忽然听见地下有隐隐约约的狗叫声。仔细察看那发出声音的地方，上面有一个小洞，像蚯蚓洞那样大小。怀瑶用木棍儿戳那小洞，插进去有几尺深，发觉里面有东西，于是就掘开土查看，得到小狗两只，一雌一雄，眼睛还没有睁开，体形比平常的狗大。喂它们东西，它们吃了。左邻右舍都来看这对小狗。有年纪大的老人说："这叫'犀犬'，得到它的人可以让家里致富，所以最好把它们喂养起来。" 因为小狗眼睛还没有睁开，所以怀瑶又把它们放回洞中去了，再用磨石把洞盖好。过了不久，打开磨石去看，左边右边都没有洞了，于是就找不到在哪里了。怀瑶家中多年来也没有什么其他的灾祸或福运发生。

犀犬是何方神圣，并不是我要讨论的问题。或者，犀犬就是带着神秘色彩的生命形态吧。

无论天神地神鬼神，对人类总是怀有戒心的，它们不断地用各种方式试探人的善与恶。人的善与恶，其分水岭就是对其他生命的态度。尊重了其他生命，你的生命也会得到滋养，这大概就是天之道、地之道、神鬼之道。

霹雳落地

晋扶风杨道和，夏于田中，值雨，至桑树下，霹雳下击之。道和以锄格，折其股，遂落地，不得去。唇如丹，目如镜，毛角长三寸，状似六畜，头似猕猴。

【大意】晋代扶风郡（今陕西省扶风县）的杨道和，夏天在田间干活的时候遇上大雨，他就到桑树下躲雨。霹雳神下来打他，杨道和就用锄头来抵抗，打断了霹雳神的大腿。霹雳神倒在了地上，不能回到天上去了。这霹雳神嘴唇像丹砂一样红，眼睛像镜子一样亮，长毛的角三寸多长，形体像六畜，头像猕猴。

杨道和与霹雳神搏斗，属于正当防卫。农民耕种田地是人间正道，身上自带正气；霹雳神迫害耕种的行为是邪道，所以，杨道和打败了霹雳神。还有，农民是一无所有的，正所谓：光脚的不怕穿鞋的。

不是长相怪异，身上有神功，就能战无不胜的。心怀邪念的，无论是神还是人，都会心虚。所以，霹雳神被农民打败也很容易理解。

蘘荷根攻蛊

余外妇姊夫蒋士，有佣客，得疾，下血；医以中蛊，乃密以蘘荷根布席下，不使知，乃狂言曰："食我虫者，乃张小小也。"乃呼"小小亡"云，今世攻蛊，多用蘘荷根，往往验。蘘荷，或谓嘉草。

【大意】我妻子的姐夫蒋士，家里有个用人得了一种便血的疾病。医生认为他中了蛊毒，于是就偷偷地用蘘荷的根铺在病人的席子下，不让病人知道。病人胡言乱语地说："让我中蛊的人，就是张小小。"于是就去喊张小小，而张小小已经逃走了。现在治疗蛊毒，大多用蘘荷根，往往很灵验。蘘荷，又叫嘉草。

给人下蛊这事儿，历史多有记载，当代人也有过关于"蛊"的论述，但也莫衷一是。有蛊？无蛊？据说"蛊"是一种病毒，可以抑制人的中枢神经，解蛊的药是"惑"。

用蛊害人的事件，大都是利益或仇恨所引起；张小小之类的人太多，有时防不胜防。正常的人，不会天天随身带着解药，但是害人的人，每天心里都揣着"蛊"。

读罢此文，长了一个知识，知道蘘荷根也能解蛊。

营阳蛇蛊

营阳郡有一家，姓廖，累世为蛊，以此致富。后取新妇，不以此语之。遇家人咸出，唯此妇守舍。忽见屋中有大缸，妇试发之，见有大蛇，妇乃作汤灌杀之。及家人归，妇具白其事，举家惊惋。未几，其家疾疫，死亡略尽。

【大意】营阳郡（今湖南省永州市）有一家人，姓廖，几代人养蛊，并靠此致富。后来他家娶了新媳妇，没有把养蛊的事告诉她。有一次，家里人都出去了，只有这个新媳妇留在家里。新媳妇忽然看到屋里有一口大缸，她试着把大缸打开，发现缸里有一条大蛇，媳妇就烧了一锅沸水灌进缸里烫死了大蛇。等到家里人回来，新媳妇就把烧沸水浇蛇的事说给大家听，全家人都大惊失色。没过多久，这家的人就都感染了疾病，几乎死光了。

通过养蛊贩蛊获利与今天贩卖毒品获利差不多。营阳郡廖姓这家人靠养蛊贩蛊发家致富，也是靠出售害人之物发财，这是不义之财。做不义的事，身上都会有浊气、邪气，所以，最终导致满门尽殁。我们只能唏嘘一番——也就唏嘘一番罢了。细想：他家养的蛊，不知害死了多少无辜的生命。

柒·奇异的生命映照与转化

本章的故事我选取自十三、十四、十五三卷。

人们相信鬼神与人之间有边界，在各自生存的不同时空各为主宰。但这边界也是模糊的，仿佛就在人间隐秘的某处，比如醴泉或昆明池底。

古人对很多现象无法用科学道理解释时，就会演绎为某种神异的变化。"蒙双氏"也许是连体双胞胎。高丽王的婢女神秘怀孕当真是鸡蛋大的云彩作祟么？被弃荒野的孩子由动物庇护长大，这不仅在各国神话故事中都有类似的情节，在今天也偶然可见动物抚养其他物种幼子的案例；消失不见的妻子，当真如仙女腾空而去了吗？背后的真相是什么，古人无从知晓，我们更不可追溯，只能从故事中看古人的奇异想象。在那个想象世界里，人与动物是相通的，与天地是相通的，甚至情感也是想通的。最后三则故事中的主人公就超越了阴阳隔阂，至深的情感化为异乎寻常的力量，使得他们的生命脱离自然规律的束缚，演绎为传奇。然而这其中有很重要的一个思想贯穿：为善者得福报，作恶者遭恶报。善报或恶报，都是活在阳间的人的善恶所致。这种朴素的观念也反映了干宝所处时代人们的一个基本的道德观。

醴泉

泰山之东，有澧泉，其形如井，本体是石也。欲取饮者，皆洗心志，跪而挹之，则泉出如飞，多少足用。若或污漫，则泉止焉。盖神明之尝志者也。

【大意】泰山的东边有一眼泉，名叫澧泉（今多写为"醴泉"），它的形状像口井，是由石头垒砌而成的。想取这眼泉水饮用的人，都必须心清气正没有杂念，跪着去舀水，这样，泉水就会飞一样地涌出来，取用多少都能满足所需。如果心怀叵测猥琐龌龊的人取水，泉里的水就不会冒出来了。这泉水大概是神灵用来检验人心的良善与丑陋的吧。

人分为善人与恶人。做过一点善事的人还不能称之为善人，做任何事心里都想着爱别人、给人方便的人，可称作善良的人。对恶俗之人忍让，实际是在帮助恶俗。大家都如醴泉这般，恶俗之人如何能伤害到良善之人呢？

龟化城

秦惠王二十七年，使张仪筑成都城，屡颓。忽有大龟浮于江，至东子城东南隅而毙。仪以问巫。巫曰："依龟筑之。"便就，故名龟化城。

【大意】秦惠王二十七年（公元前 311 年），惠王派张仪去修筑成都城，城墙屡次倒塌。一日，忽然有只大乌龟浮出江面，爬到东边内城的东南角时就死了。张仪拿这件怪事去询问巫师。巫师说："按照乌龟的外形来筑城。"张仪便（依此）把城墙筑成了，所以这城被命名为"龟化城"。

这个故事乍一看是风水学的范畴，而我不懂风水学，不敢多言。可细细一看，岂止是风水学，还有民俗学、地质学等等。这只大乌龟应该是当地土著，学养丰富，当然也通神，懂得当地的天文、地理（土质）、风土民情，所以，看到张仪屡建屡塌的城墙，不惜舍身去告诉张仪，此城应该建什么样儿。不顾及风土民情和地质情况，无论用多大的力量建城，都会坍塌的。城是民生之地，不能想当然地建。

这一卷故事中，还有与《龟化城》相似的一篇，叫《马邑》，我也摘录下来，就不附释文了吧。

秦时，筑城于武周塞内，以备胡，城将成，而崩者数焉。有马驰走，周旋反复。父老异之，因依马迹以筑城，城乃不崩，遂名马邑。其故城今在朔州。

城沦为湖

由拳县，秦时长水县也。始皇时童谣曰："城门有血，城当陷没为湖。"有妪闻之，朝朝往窥。门将欲缚之。妪言其故。后门将以犬血涂门，妪见血，便走去。忽有大水，欲没县。主簿令干入白令，令曰："何忽作鱼？"干曰："明府亦作鱼。"遂沦为湖。

【大意】由拳县，是秦朝时的长水县（今河南省洛阳市长水乡）。秦始皇当政的时候，市井里流传着一首童谣，说："城门有血，城会陷没成为湖泊。"有个妇女听了这首歌谣后，天天早上去城门探看。守城门的士兵想要抓捕她，她就讲了她天天来探看的原因。后来守城门的士兵用狗血涂在城门上，这位妇女看见血，便奔跑着离开了。忽然，有洪水涌来，即将淹没这座县城，主簿派一个叫"干"的小吏到县衙内报告县令，县令说："你为什么忽然变成了鱼？"干说："大人，您也变成了鱼啊。"

于是，这座县城就沦陷成了湖泊。

谣谚往往具有经验总结或预言的性质，带有"生活指南"的意味。（历史上很多造反的人，都利用谣谚鼓动人心。）城门是政治、经济、文化、民生进出的"门"，不可以有血腥。一旦染上血腥，全城的百姓就有涂炭之患。但是，一旦县域沦陷，首先要让县令等官员变为鱼鳖。这也是民意。

天地劫灰

汉武帝凿昆明池，极深，悉是灰墨，无复土。举朝不解。以问东方朔。朔曰："臣愚不足以知之。"曰："试问西域人。"帝以朔不知，难以移问。至后汉明帝时，西域道人入来洛阳，时有忆方朔言者，乃试以武帝时灰墨问之。道人云："经云：'天地大劫将尽，则劫烧。'此劫烧之余也。"乃知朔言有旨。

【大意】汉武帝（为了演习水军，在长安东南）挖掘一座昆明池。挖到根深的地方，全是墨一样的黑灰，不再有泥土。满朝文武大臣都不能解释这种现象，汉武帝就询问东方朔："这是怎么回事？"东方朔说："原谅我愚笨，依我的学识还不能够知道这是怎么回事。"他说："可以去问问从西域来的人。"汉武帝认为东方朔都不知道的事，就不必去问别人了。到东汉明帝的时候，西域的僧人来到洛阳，当时有人想起东方朔的话，就试着用汉武帝时挖池塘出现黑灰的事问西域僧人。那僧人说："佛经上说：'天地在大劫将要结束的时候，就会有毁灭世界的大火燃烧。'这黑灰就是那场大火烧下来的余烬。" 人们才明白，东方朔不是不知道，是不敢说。

众所周知汉武帝是一代大帝。他通过强硬的军事措施，极大地拓展了大汉的疆域，打开了通往西域的道路。但汉武帝也是第一位写"罪己诏"的皇帝。他晚年反省自己过度的四处征伐和追求长生方术的荒唐行为，以及因此造成的劳民伤财、几乎误国的严重后果。在自我反省之前，他还经历了太子蒙冤屈死的巫蛊事件。在挖掘昆明池时，显然汉武帝还没有进入自省的阶段。因此，关于这"天地劫灰"的意义，东方朔怎么敢说呢？

当然，也许汉武帝挖池塘时挖出的黑灰，可能是挖出了煤。东方朔不认识煤，也就说不出个所以然了。至于西域僧人的说法，可信之亦可不信。

丹砂井

　　临沅县有廖氏，世老寿。后移居，子孙辄残折。他人居其故宅，复累世寿。乃知是宅所为。不知何故。疑井水赤。乃掘井左右，得古人埋丹砂数十斛；丹汁入井，是以饮水而得寿。

　　【大意】临沅县（"沅"一作"沅"，如写作临沅，则其地在今湖南省常德市）有一户人家，姓廖，代代人都长寿。后来搬到其他地方去住了，子孙总是夭折。别人住到他们原来的住宅中，又代代长寿。这才知道是住宅让人长寿，但不知道这是什么缘由。后来怀疑与井水呈红色有关，于是就挖掘井的两边，得到古人埋在里面的朱砂几十斛。朱砂的汁流入了井里，所以喝了井水就能够长寿。

　　水是生命之源，清澈、干净、富有各种有益矿物质的水，可以让人长寿，是近代科学的认知。古代（道家）的人们，用朱砂炼丹，制作长生不老的药，炼来炼去，没炼出一粒丹药能解决长生不老的问题。所以，朱砂汁能让人长寿也不科学。不过，廖家的那口井水好，让人健康长寿是有可能的。

蒙双氏

昔高阳氏[1]，有同产而为夫妇，帝放之于崆峒之野。相抱而死。神鸟以不死草覆之，七年，男女同体而生。二头，四手足，是为蒙双氏。

【大意】远古高阳氏的时候，有同一母亲生下来的两个人结成了夫妻，颛顼帝不高兴，就把他们流放到崆峒山上的荒野中。这两个人拥抱着彼此死去了。有神鸟用不死之草覆盖他们，七年之后，这男女两人长在同一个身体上又活了，他们有两个头、四只手、四只脚，这就是蒙双氏。

近亲成婚，自古就是禁忌。即使有神鸟用不死草让他们复活，也只能是怪物。

1.高阳氏：即颛顼。传说中的五帝之一。

夫余王

槀离[1]国王侍婢有娠，王欲杀之。婢曰："有气如鸡子，从天来下，故我有娠。"后生子，捐之猪圈中，猪以喙嘘之；徙至马枥中马复以气嘘之。故得不死。王疑以为天子也，乃令其母收畜之，名曰东明。常令牧马。东明善射，王恐其夺己国也，欲杀之。东明走，南至施掩水，以弓击水。鱼鳖浮为桥，东明得渡。鱼鳖解散，追兵不得渡。因都王夫余[2]。

【大意】高丽国（在今朝鲜半岛）国王的随身婢女怀孕了，国王要杀死她。婢女说："有一团气，像鸡蛋那样大，从天上掉下来，落在我身上，所以我有了身孕。"国王觉得神奇，因此没杀她。后来她生了个孩子，被国

---

1. 槀离：应为"高丽"。
2. 夫余：也称"扶余"。古代生活在我国东北的一支少数民族，曾在西汉时期建立"扶余王国"，也有文献写作"夫余"或"凫鱼"。

王派人扔到了猪圈里，猪用嘴巴向孩子嘘气；孩子又被扔到马厩中，马又向孩子嘘气，就这样，孩子并没有死。这让国王感到迷惑，他认为这孩子应该是天帝的儿子，于是就叫他母亲抚养他，并给他取了个名字叫"东明"。后来，经常叫他去放马。东明习武，善于射箭，国王担心他将来要夺自己的江山，于是想杀掉他。东明便逃走了，向南逃到掩施水边，用弓拍打水面，鱼鳖便浮出水面架成桥，东明才得以渡过河去。他过河后鱼鳖散去，追兵便不能过河了。东明就在夫余国建都、称王。

历史上，任何一个国家（王朝）的建立，其国王（尤其是第一任国王）都是来历不凡的。有天意，有神助，经受百般磨难，死里逃生，终成大业。夫余国王东明的来历还不算太神奇，遭遇也不算太凶险。

国王的婢女是怎么怀孕的，咱们就不细究了。国王要杀这个怀孕的婢女，是因为她在自己的身边，竟被别人"拔了头筹"。可是，想骗过国王，只有用神乎其神的说法才行。国王没办法去追究"像鸡蛋那么大的一团气"是谁。

齐顷公无野

齐惠公之妾萧同叔子见御，有身，以其贱，不敢言也，取薪而生顷公于野，又不敢举也。有狸乳而鹖覆之。人见而收，因名曰无野，是为顷公。

【大意】齐惠公的侍妾萧同叔子，侍奉齐惠公后怀孕了。因为她的出身卑贱，所以不敢说出来。她在野外的柴草中生下了这个孩子，又不敢带回来抚养。有只野猫来给这个孩子喂奶，一只鹖鸟又来用翅膀掩护他。有人看见了，就把他收养起来，给他取名叫"无野"，他就是后来的齐顷公。

侍妾本是国王的玩物，没有资格怀孕，如果被发现怀孕了，王后就会处死这个侍妾。这不能算宫斗，而是后宫的法律。这位叫"萧同叔子"的侍妾胆子大，到野外把孩子生了，并得到神猫、神鸟的照应。只是不知道，后来这位齐顷公还认不认他这个地位卑微的母亲。

嫦娥奔月

羿[1]请无死之药于西王母，嫦娥窃之以奔月。将往，枚筮[2]之于有黄。有黄占之曰："吉。翩翩归妹，独将西行。逢天晦芒，毋恐毋惊。后且大昌。"嫦娥遂托身于月，是为"蟾蜍"。

【大意】羿从西王母那里求得了长生不死的药，嫦娥偷吃了，想飞到月亮上去。她快要动身的时候，到一位叫有黄的巫师那里占卜。有黄给她占卦后，说："吉利啊。轻捷翩然的少女，独自一人飞向西方吧。遇上天空昏暗无光时，不要害怕，不要惊慌，以后就会好起来的。"嫦娥于是就栖身在月亮上。她就是那月亮上的蟾蜍。

这是"嫦娥奔月"的最初版本，我们今天看到的"嫦

---

1. 羿，就是射日的那位"后羿"，传说嫦娥是后羿的妻子，也叫"姮娥"。
2. 枚筮：古代一种占卜吉凶的方法。

娥奔月"故事，要复杂得多。

　　此文的原意是嫦娥偷吃了丈夫的不老仙丹，要挣脱家庭去过自由自在的生活，于是飞奔到月亮上，独居了。这里，嫦娥的形象并不美好甚至有些丑陋。飞到月亮上，也是月亮上的一只蟾蜍。蟾宫，后来成为月亮的别称。

羽衣女

豫章新喻县男子，见田中有六七女，皆衣毛衣，不知是鸟。匍匐往得其一女所解毛衣，取藏之，即往就诸鸟。诸鸟各飞去，一鸟独不得去。男子取以为妇。生三女。其母后使女问父，知衣在积稻下，得之，衣而飞去，后复以迎三女，女亦得飞去。

【大意】豫章郡新喻县（在今江西省新余市西）有一个男子，看见田间有六七个女子，都穿着羽毛做成的衣服。他不知道她们是鸟，就伏在地上悄悄爬上前去，拿了其中一个女子脱下来的羽衣，藏了起来。接着就走近那几只变成了女子的鸟。那几只鸟各自飞跑了，只有一只鸟不能飞走。这男子就娶了她为妻子，他们一共生了三个女儿。她后来让女儿去问父亲羽衣在哪儿，才知道那衣服藏在稻谷堆下。她找到衣服，穿上就飞走了。后来她又来接三个女儿，女儿们也都飞走了。

这个故事大家看了一定觉得很熟悉。对，这是最早的范本，之后被无数次演绎，最多的情节就是仙女洗澡、衣服被偷等等。

我要说的是，这位神鸟仙女衣服被偷，不能飞翔，只好委屈地嫁给那位也许没有祸心的男子。他们生了三个女儿，至少在一起生活了三五年。这三五年里，仙鸟神女一边要隐忍地过着普通人的生活，一边时刻想着要飞回天庭。既要不露声色，又要随时准备，不容易啊！

最后神鸟仙女把三个女儿也带走了，可谓决绝啊！估计那位男子有了失去女儿之痛，再也不敢去偷女子的衣服了。

王道平妻

　　秦始皇时，有王道平，长安人也。少时与同村人唐叔偕女，小名父喻，容色俱美，誓为夫妇。寻王道平被差征伐，落堕南国，九年不归。父母见女长成，即聘与刘祥为妻，女与道平，言誓甚重，不肯改事。父母逼迫，不免出嫁刘祥。经三年，忽忽不乐，常思道平，念念之深，悒悒而死。死经三年，平还家，乃诘邻人："此女安在？"邻人云："此女意在于君，被父母凌逼，嫁与刘祥，今已死矣。"平问："墓在何处？"邻人引往墓所，平悲号哽咽，三呼女名，绕墓悲苦，不能自止。平乃祝曰："我与汝立誓天地，保其终身，岂料官有牵缠，致令乖隔，使汝父母与刘祥。既不契于初心，生死永诀。然汝有灵圣，使我见汝生平之面。若无神灵，从兹而别。"言讫，又复哀泣，逡巡。其女魂自墓出，问平："何处而来？良久契阔。与君誓为夫妇，以结终身。父母强逼，乃出聘刘祥，已经三年，日夕忆君，结恨致死，乖隔幽途。然念君宿念不忘，再求相慰，妾身未损，可以再生，还为夫妇。且速开冢，破棺，出我，即活。"平审言，乃启墓门，扪看，其女果活。乃结束随平还家。其夫刘祥闻之，惊怪，申诉于州县。检律断之，无条，乃录状奏王。王断归道平为妻。寿一百三十岁。实谓精诚贯于天地，而获感应如此。

【大意】秦始皇时期有一个人叫王道平，是长安（今陕西省西安市长安区）人。少年时代，他和同村唐叔偕的女儿——小名叫父喻，姿容非常美丽——发誓要结为夫妻。不久，王道平被官府征兵去打仗，在南方陷入战事，连续九年都没回来。唐家父母眼看着女儿长大了，就要把她嫁给刘祥为妻。无奈女儿跟道平发了重誓，怎么也不肯改变心意嫁给别人。唐家父母逼婚不止，终于强迫她嫁到了刘家。出嫁三年来，父喻总是郁郁不乐，常常思念道平，内心的愤懑和怨恨越积越深，在愁闷不安中死去了。父喻死后又过了三年，道平回到家中，就去问邻居："那姑娘还在吗？"邻居说："那姑娘心都在你身上，被父母逼迫嫁给了刘祥，如今已经死去了。"道平又问："她的坟墓在哪里？"邻居带他找到父喻的坟墓，道平大放悲声，哽咽着再三呼唤父喻的名字，绕着坟茔走来走去，痛苦得不能自已。道平对坟发愿道："我跟你对天地立下过誓言，保证要相许终身，谁想到因我服官家的兵役，牵绊住了行程，导致不能相见，你父母才把你嫁给刘祥。不能遂了最初的心愿，我们如今是生死两隔，永不能再见了。如果你的魂魄能显灵，就让我再看看你活着时候的模样吧。如果不能显灵，就从此与你分别了。"说完，他又悲伤地哭着，来回踱步。父喻的魂魄从墓里走了出来，问道平："你从哪儿来？这么久都见不到你。我跟你发过誓，要结为夫妇，互为终身的归宿。我父母逼我嫁给刘祥，可三年来我日夜思念你，怨恨越结越深，就这样死去，与你阴阳相隔了。但是，我始终惦念着你，求上天让我们再相会，聊以慰藉。我的身子没有腐烂，可以复活，跟你回去和你成婚。你快把坟挖开，打开棺材，放我出来，我就会活过来。"道平仔细考虑了她说的话，就打开墓门，开启棺材，姑娘果然复活了。她收拾了下就跟着道平回家了。她的前夫刘祥听说了这件事，大吃一惊，忙到衙门去告状。州县的长官断这个案子，却找不到相关的法律条文，只好上报给国君，国君把父喻判给道平为妻。道平和父喻夫妻俩一直活到了一百三十岁，真是精诚贯通了天地，才能够获得这样的感应啊。

　　这是一篇很完整的小说，用评论家的话说，文本的完成度很高。本篇故事曲折，人物形象饱满，人物的性格特点也很突出。叙述稳健妥帖，使用纪实的笔法缓缓道来，读来令人感到可信。直到读完，才发现上了作者的当，这是小说！

这篇小说的主题很明确，就是强调情爱是不分生死的。或者，真爱是可以死去再活来的。

我想起一个朋友，他平时并不是爱唱歌的人，可是只要有机会唱歌，永远都唱一首《死了都要爱》。开始总觉得他心里藏着什么故事，后来，发现这是他的性格使然。坚定、坚决，是获得真爱的基本要素。

汉乐府民歌中有一首脍炙人口的诗《上邪》："上邪！我欲与君相知，长命无绝衰。山无陵，江水为竭，冬雷震震，夏雨雪，天地合，乃敢与君绝！"看看这决心："只要人类社会还在，我就要和你相爱厮守！"真有点儿"死了都要爱"的意思。

死了都要爱，死去再活来更要爱。

西汉宫人

汉末，关中大乱，有发前汉宫人冢者，宫人犹活，既出，平复如旧。魏郭后爱念之，录置宫内，常在左右，问汉时宫中事，说之了了，皆有次绪。郭后崩，哭泣过哀，遂死。

【大意】汉朝（东汉）末年，关中地区大乱，有人盗墓，掘开了西汉宫女的坟墓，打开墓葬，那宫女竟还活着。她出坟墓后，就恢复得和过去一样了。魏文帝的郭皇后很爱怜她，就把她收到宫内，留在身边。皇后问她汉朝时皇宫内的事情，她说得清清楚楚，来龙去脉说得都井井有条。郭皇后去世的时候，她悲伤过度，因此又死了。

不知那盗墓贼看到坟墓里出来个活人，被吓死没有？

魏文帝时确有个郭皇后，让西汉时的旧宫女来讲西汉的事儿，大概是要借鉴西汉建国及经略的经验吧。

杜锡婢

晋世，杜锡，字世嘏，家葬而婢误不得出。后十余年，开冢祔葬，而婢尚生。云："其始如瞑目。有顷，渐觉。"问之，自谓："当一再宿耳。"初婢埋时，年十五六，及开冢后，姿质如故。更生十五六年，嫁之，有子。

【大意】晋代的杜锡，字世嘏，去世后，家里的人埋葬他时，他的婢女耽误了时间，没能爬出墓坑，结果误被活埋在坟墓里。过了十多年，杜锡的妻子死了，家里的人掘开坟墓准备把夫人和杜锡合葬，看到婢女在坟墓里，竟然还活着。众人问她怎么回事，她对众人说："开始的时候好像是闭着眼睛睡觉了，过了一会儿就渐渐地醒了。"问她在那里多长时间了，她说大概过了一两夜罢了。当初这婢女被埋葬时，只有十五六岁，等到掘开坟墓时，她的姿色还像过去那样。又活了十五六年，这个婢女嫁人了，还生了儿子。

这也真是奇闻。一个女仆被活埋在坟墓里，竟然没有人察觉，可见女仆的地位有多卑贱。主人家不在意一个女仆的死活，阎王爷在意，愣是不让女仆死。这个女仆活着，就是打主人家的脸，打那些不把仆人当人的脸。

捌·有鬼乎？无鬼乎？

本章的十三则故事出自第十六、十七、十八卷。

干宝先生极擅长写鬼。读《搜神记》时，看到故事里的鬼是那么鲜活，还是有点儿紧张。由此也可见干宝先生刻画鬼之功力——他不仅是良史，也是很好的小说家。

贞洁先生范丹、费季居楚、筋竹长人、服留鸟的故事都很有讽刺意味。主人公因身上有弱点而让鬼神乘虚而入，这些鬼神利用"信息不对称"制造误会或小恶作剧。我一直坚信，所有精灵鬼怪的出场，都是为人的出场和命运发展做铺垫或媒介的。鬼神在这里充分显现出他们的调皮，而这调皮中带着浓浓的邪恶感，但这邪恶感又是因人自己的行差踏错或见识短浅所致。

还有几个驱鬼逐怪的故事。有些鬼怪是人招来的，一般人还真没有能力驱逐。所谓：请神容易送神难。还有一些鬼怪是不请自来的。既然是不速之客，比起人邀请来的善神良鬼更难缠百倍，不是有大德行或神武之力的非常人，万万抵挡不住，更不要说"送客"了。

阮瞻见鬼客

　　阮瞻，字千里，素执无鬼论，物莫能难。每自谓，此理足以辨正幽明。忽有客通名诣瞻，寒温毕，聊谈名理。客甚有才辨，瞻与之言良久，及鬼神之事，反复甚苦。客遂屈，乃作色曰："鬼神，古今圣贤所共传，君何得独言无？即仆便是鬼。"于是变为异形，须臾消灭。瞻默然，意色太恶。岁余，病卒。

　　【大意】阮瞻，字千里，一向主张无鬼论，没有谁能用理论反驳他。他认为自己的这套理论，足够用来辨明人间的生死之事。忽然有一天，一个客人通报了姓名来拜见阮瞻，寒暄过后，聊起了事物的是非、做人的道理等。那位客人很有辩才，阮瞻和他谈了好久，讲到有关鬼神的事情，他们反复地辩论。那位客人终于理屈词穷了，板起面孔说："鬼神是古今圣人贤士都传信的，您怎么能标新立异要说世间没有鬼呢？就拿我来说吧，

我就是个鬼。"于是客人就变化为非同人类的样子，一
会儿就消失了。阮瞻沉默了，心情面色很不好。过了一
年多，他就病死了。

这是鬼的现身说法。鬼找上门来，估计这位阮瞻先
生平时对鬼批评得太多，太过激，太自信了。对任何人
与事（包括鬼）过度地批评或赞颂，都是心虚的表现。
这位阮瞻先生，虽有理论，也有口才，但是过于极端，
还是心虚的。当他骂鬼时，心里已经有鬼找上门来了。
他心里的鬼坐在对面时，他内心的虚弱就展露无遗了，
他只能死去，再去找鬼辩论。

孤竹君棺

汉令支县，有孤竹城[1]，古孤竹君之国也。灵帝光和元年，辽西人见辽水中有浮棺，欲斫破之；棺中人语曰："我是伯夷[2]之弟，孤竹君也。海水坏我棺椁，是以漂流。汝斫我何为？"人惧，不敢斫。因为立庙祠祀。吏民有欲发视者，皆无病而死。

【大意】汉代时，令支县（今河北省迁安市西）内有座孤竹城，它是古代孤竹君的国都。东汉灵帝光和元年（178年），辽西郡（今辽宁省西部以及河北省山海关以北地区）的人看见辽水中漂浮着一口棺材，想要砍破它。棺材里的人突然说话，对他们说："我是伯夷的弟弟，孤竹国的国君。海水冲了我的棺材，所以我漂流

---

1. 孤竹国：殷商王朝的一个宗族国，其国君为墨氏。冀东大地、唐秦地区是孤竹国中心辖区。
2. 伯夷：商末孤竹国君长子。他有两个弟弟亚凭、叔齐。此文中棺材里的人说自己是"国君"，应该是叔齐。

在辽水中。你们砍我的棺材是为了什么呢？"人们害怕了，不敢再砍了。于是，人们给孤竹君建造了庙宇并祭祀他。官吏百姓之中有想打开棺材看一下孤竹君的，都会无病而死。

棺材是死去的人的家。不能因为死去的人不具有反抗能力，就可以随意打开。不尊重死者的人，同样，你的生命也不会得到尊重。这位孤竹君，人虽死，但也是一代豪杰，随意打开他的棺材看，会遭到报应，是带有诅咒性质的谶语，应该属于人们的一种意念。至于真有人打开孤竹君的棺材看了，然后死去，估计是被棺材里的景象吓着了，恐惧成疾而死，或者是巧合。

谈生妻鬼

汉，谈生者，年四十，无妇，常感激读《诗经》。夜半，有女子，年可十五六，姿颜服饰，天下无双，来就生为夫妇。乃言曰："我与人不同，勿以火照我也，三年之后，方可照耳。"与为夫妇，生一儿，已二岁。不能忍，夜伺其寝后，盗照视之。其腰已上生肉，如人，腰已下，但有枯骨。妇觉，遂言曰："君负我。我垂生矣，何不能忍一岁，而竟相照也？"生辞谢。涕泣不可复止。云："与君虽大义永离；然顾念我儿，若贫不能自偕活者，暂随我去，方遗君物。"生随之去，入华堂，室宇器物不凡。以一珠袍与之，曰："可以自给。"裂取生衣裾留之而去。后生持袍诣市，睢阳王家买之，得钱千万。王识之曰："是我女袍，那得在市？此必发冢。"乃取拷之。生具以实对。王犹不信，乃视女冢，冢完如故，发视之，棺盖下果得衣裾，呼其儿视，正类王女。王乃信之，即召谈生，复赐遗之，以为女婿。表其儿为郎中。

【大意】汉朝时，有个叫谈生的人，四十岁了还没有妻子，常常在夜里情感激扬地诵读《诗经》。有一天半夜，有个大约十五六岁年纪的姑娘，体态容貌和衣着打扮，真是天下无双。这个姑娘主动来接近谈生，要和他做夫妻，并对谈生说道："我和常人不一样，晚上你不要用灯火来照我。过三年以后，才可以用灯火照我。"谈生就和她结成了夫妻。后来生了一个儿子，已经两岁了。谈生实在忍不住了，就在一个夜里等妻子入睡后，偷偷地用火烛照着看她。只见她的腰部以上，像人一样长着肉，腰部以下，只有枯骨。妻子醒了，就说道："您辜负了我。我快要复活了，您为什么不能再忍耐一年，竟然在此时用灯火来照我呢？"谈生连忙向妻子赔礼道歉。妻子止不住地痛哭流涕，对谈生说："虽然和你永远断绝了夫妻关系，但顾念我的儿子，你现在穷得根本无法养活孩子。你现在就跟我走一趟，我要送给您一样东西。"谈生跟着妻子去了，进入一间华丽的房子里，里面的器物都非同寻常，他妻子拿了一件缀着珠宝的长袍给了他，说："可以靠它来养活你们了。"随后，她撕了一片谈生的衣襟，谈生就把衣襟留下走了。后来谈生拿着这件长袍到市场上出售，睢阳王家的人买了它，谈生得到了一千万的铜钱。睢阳王认识那件长袍，说："这是我女儿的长袍，怎么会在市场上呢？这一定是有人盗挖了我女儿的坟墓。"

于是他就把谈生抓来拷问，谈生详细地把实情告诉了睢阳王。睢阳王还不相信，于是就带人一起去察看女儿的坟墓，那坟墓还是原来样子完好无损。掘开坟墓查看，棺材盖下面果然发现了谈生的衣襟。又把谈生的儿子叫来细看，长得也很像自己的女儿。睢阳王这才相信谈生的话，便召见了谈生，又把那件女儿镶满珠宝的长袍赠送给了他，还把谈生当作自己的女婿看待。后来，睢阳王还上书朝廷，推荐谈生的儿子当了郎中。

这个故事读完，我打了一阵子寒噤，想起我当年读《诗经》时，也常常是深更半夜念出声，那时我也没结婚，幸好没有女鬼来找我。

谈生首先没有信守承诺，违背了三年不能用灯火照看妻子的禁忌；其次，犯了人类的通病，越不让看的东西，越想偷偷地看看。

还有，夫妻之间要保留一点个人隐私——这既是尊重也是爱。夫妻间对对方隐私的任何偷窥，都是在消耗爱。

谈生偷窥妻子，妻子就走了。虽然这个故事的结局不错，但是，谈生继续打光棍了。至于那位姑娘是人是鬼，已经不重要了。

贞洁先生范丹

汉，陈留外黄范丹，字史云。少为尉从佐使檄谒督邮。丹有志节，自恚为厮役小吏，乃于陈留大泽中，杀所乘马，捐弃官帻，诈逢劫者。有神下其家曰："我史云也。为劫人所杀。疾取我衣于陈留大泽中。"家取得一帻。丹遂之南郡，转入三辅，从英贤游学，十三年乃归。家人不复识焉。陈留人高其志行，及没，号曰贞节先生。

【大意】汉朝陈留郡外黄县（在今河南省民权县西北）人范丹，字史云。年轻时曾当过尉从佐使，奉命送公文去进见督邮。范丹是个很有志气的人，他羞于当这种差役小吏，于是就在陈留郡的大湖边，杀死了他骑的马，扔掉了他当差役所戴的头巾，假装自己遭到了强盗抢劫。有个神灵降临到他家中，对他家里的人说："我是史云，被强盗杀死了。你们赶快到陈留郡的大湖边去收拾我的衣服。"家里人去了，拿到了一块范丹的头巾。范丹于是去了南郡，又转移到京畿地区，跟随那些精英贤良求学，十三年以后才回到家中，家里人都不再认识他了。陈留郡的人们敬佩他的志气德行，在他死后，给他取个号叫"贞节先生"。

我怎么觉得，把"贞节"的名号冠在范丹头上，有着极大的讽刺意味呢？年轻人不甘平庸，继而跳槽，另寻高就，在历史上也是寻常的事。但是，既已跳槽，又何谈"贞节"？

为了不遭批评，还制造死亡假象，让家人徒自悲伤十三年，实在是可恨！文中的神灵也够可怜的，竟然为范丹谎报死亡信息。

至于后来范丹事业有成，人们就忽略了他诈死瞒名、让家人悲伤的过错，还得到了家乡人的敬重。这是再一次的讽刺。难道人们只看到一个人辉煌的一面，不看重是用什么手段获得的辉煌吗？

费季居楚

吴人费季，久客于楚。时道多劫，妻常忧之。季与同辈旅宿庐山下，各相问出家几时。季曰："吾去家已数年矣。临来，与妻别，就求金钗以行。欲观其志当与吾否耳。得钗，乃以着户楣上。临发，失与道，此钗故当在户上也。"尔夕，其妻梦季曰："吾行遇盗，死，已二年。若不信吾言，吾行时，取汝钗，遂不以行，留在户楣上，可往取之。"妻觉，揣钗，得之家遂发丧。后一年余，季乃归还。

【大意】吴国人费季，客居在楚国已很久了。当时路上经常发生抢劫事件，妻子常常为他担忧。费季和同伴们住宿在庐山下，互相询问离家有多久了。费季说："我离家已经好几年了。临走的时候，我和妻子告别，向她要了一枚金钗出门。我只是想试试她的心，看她是否会给我而已。我拿到了金钗，就把它放在门框上端的横木上。等我动身的时候，忘了对她说，这金钗肯定还在门框上呢。"那一天的晚上，他的妻子梦见了费季，听到费季对她说："我在路上碰到了强盗打劫，已经死两年了。如果你不相信我的话，我走的时候拿了你的金钗，并没有把它带走，而是把它放在门框上端的横木上，你可以去把它取下来。"他妻子醒了，去门框上摸了一下，果然找到了金钗，家里就相信费季真是死了，便给他办了丧事。过了一年多，费季却回家了。

如果费季回到家里时，看到妻子已改嫁了，是高兴呢，还是沮丧呢？家里的人，看到死去的费季又活着回来了，是恐惧呢，还是愉快呢？

表面上看，是由一枚金钗来确定费季的死活，其实是费季的妻子太思念、太信任费季了。一个人对另一个人过度地思念，尤其是得不到那个人的消息时，难免会往坏处想。所以，一个梦，妻子就相信丈夫费季被强盗杀害了。这样的梦，在费季离开家以后，妻子不知道做过多少回，只有这一次梦到了金钗，于是就相信这一次的梦是真的。

费季肯定不是个好丈夫，出门之前要用一枚金钗试探妻子。当妻子把金钗给他，他又不带在身上，反倒放在家里门框上。妻子做的这个梦，文中暗示是费季托付的，是费季在继续试探妻子的行为。

我可以用最光明的想法来解释费季夫妻，那就是两个人异地时间太久了，会生出许多杂念。而这些杂念，都是因为想对方，甚至不惜把对方往"死"里想。

筋竹长人

临川陈臣家大富。永初元年，臣在斋中坐，其宅内有一町筋竹，白日忽见一人，长丈余，面如"方相"，从竹中出。径语陈臣："我在家多年，汝不知；今辞汝去，当令汝知之。"去一月许日，家大失火，奴婢顿死。一年中，便大贫。

【大意】临川郡（今江西省抚州市临川区）陈臣家里非常富有。汉安帝永初元年（107年），陈臣在房中坐着，他住宅内有一片筋竹林，白天忽然看见一个人，身高有一丈多长，面孔长得像驱疫辟邪的神灵那样可怕，这个人从筋竹林中走出来，直接对陈臣说："我在你家好多年了，你一直不知道，今天要离开你了，应该让你知道我的存在。"这人走了一个月左右的某一天，陈家被大火烧了，奴婢都被烧死了。一年之内，陈臣家就变得非常贫穷了。

最容易让人得意忘形的事，就是升官发财。陈臣富裕了，富裕到目空一切、目中无人。常年在陈臣家里生活的身长一丈多的高人，陈臣也看不见。这个"高人"也犯了小心眼儿的毛病——"你不是看不见我吗？我给你弄点动静儿，让你看看！"

　　陈臣不该目中无人，但话说回来，"高人"的脾气也实属莫名其妙。他未经主人允许而住在别人家里，隐名埋姓又从不现形，连个暗示都不曾给过，谁又能把陈臣的发家与他的存在联系在一起呢？这样说来，这个神灵太傲娇也太蛮不讲理了，他放的这把火师出无名，对陈家来说算得上一场无妄之灾了。

服留鸟

晋惠帝永康元年，京师得异鸟，莫能名。赵王伦使人持出，周旋城邑市，以问人。即日，宫西有一小儿见之，遂自言曰："服留鸟。"持者还白伦。伦使更求，又见之。乃将入宫。密笼鸟，并闭小儿于户中。明日往视：悉不复见。

【大意】晋惠帝永康元年（300 年），京城里有人抓到一只奇异的鸟，但没有人能叫出它的名字。赵王司马伦派人拿着这只鸟出去，在城内街市上来回走，见人就问，这是什么鸟。这一天，皇宫西边有一个小孩看见了这只鸟，就自言自语地说："服留鸟。"拿着鸟的人回去报告了赵王。赵王派他再去寻找，又看见了那个小孩，就把他带进皇宫。赵王把鸟紧关在笼子里，跟这个小孩关在同一间屋子里。第二天再去看时，鸟和小孩都不见了。

先说说这个赵王司马伦吧。西晋王朝的统治时期很短，和这个司马伦有关，贾皇后乱政和司马伦有关，"八王之乱"和司马伦有关。这个司马伦，就是个搅屎棍。司马伦是司马懿的第九个儿子，一直想当皇帝，西晋王朝建立后，他就宫里宫外搅和，煽动是非，挑拨离间，让他的兄弟子侄们互相大打出手，整个西晋王朝都被他搅得昏天黑地。把朝政弄乱乎了，他便从中取利。他逼迫晋惠帝退位，自己当了皇帝，取年号为"建始"。但是，他的皇帝梦没做几天，就被赶下台，最后被赐死。

朝政混乱，社会上就会什么怪事儿都出，出一只怪鸟儿也是很正常的。

这只"服留鸟"是来找这个小孩的？这个小孩也在等这只鸟儿。被关进宫里和不被关进宫里，他们都会在人们的视线里消失。天上的鸟儿是干净的，小孩子是干净的，不能让社会的坏风气把鸟儿和小孩子给熏染脏了。有道是：你们这些皇亲国戚继续往肮脏里玩儿，我们找个干净地方修身养性去。

饭臿怪

魏，景初中，咸阳县吏王臣家有怪。每夜无故闻拍手相呼。伺，无所见。其母夜作，倦，就枕寝息。有顷，复闻灶下有呼声曰："文约何以不来？"头下枕应曰："我见枕，不能往。汝可来就我饮。"至明，乃饭臿[1]也。即聚烧之。其怪遂绝。

【大意】（曹）魏明帝景初年间，咸阳县（今陕西省咸阳市）县吏王臣家里发生了怪事，每天晚上会无缘无故地听见拍手和呼喊的声音，循声去查看，却什么也看不见。他母亲晚上做家务累了，感到疲倦，就靠在枕头上睡着了。一会儿，又听见灶台下有呼喊的声音说："文约，你为什么不来？"他母亲头下的枕头回答说："我被枕住了，不能到你那边去。你可以到我这儿来吃喝。"等到天亮一看，原来是木饭勺在作怪。王臣立刻就把它

1.臿：同"插"。本文中意为"木饭勺"。

们放在一起烧掉，他家里的怪事从此就没有了。

　　真是无物不成怪，怪物无处不在。家里的厨具木饭勺，也闹怪。我想了半天也没想明白，木饭勺为什么要闹怪？县吏王臣应该是个生活简朴的好官儿，家里的厨具木饭勺使用的年头太久了，勺子部分都龇牙咧嘴了，加上烟熏火燎地已经通了人气儿，快成精了，所以互相间能发出一些呼应的声音。说木勺子快成精了，是因为如果已经成精了，用火烧估计也难以消灭了。

　　此文也可能还有其他寓意，是我没读出来的那部分。

张辽除树怪

　　魏，桂阳太守江夏张辽，字叔高，去鄢陵，家居买田。田中有大树，十余围，枝叶扶疏，盖地数亩，不生谷。遣客伐之，斧数下，有赤汁六七斗出。客惊怖，归白叔高。叔高大怒曰："树老汁赤，如何得怪？"因自严行复斫之。血大流洒。叔高使先斫其枝，上有一空处，见白头公，可长四五尺，突出，往赴叔高。高以刀逆格之。如此，凡杀四五头，并死。左右皆惊怖伏地，叔高神虑怡然如旧。徐熟视，非人非兽。遂伐其木。此所谓木石之怪夔、魍魉者乎？是岁应司空辟侍御史、兖州刺史。以二千石之尊，过乡里，荐祝祖考，白日绣衣荣羡，竟无他怪。

　　【大意】三国时，魏国的桂阳（今湖南省郴州市桂阳县）太守江夏郡（在今湖北省武汉市新洲区以西）人张辽，字叔高，到鄢陵县置买房产田地。所买的田地中有棵大树，树干有十多围那么粗，枝叶非常茂盛，遮住了好几亩田地的阳光，这些地里都长不出庄稼来。张辽就派遣门客去砍掉这棵树，门客们用斧子砍了几下，就有六七斗红色的浆汁流了出来。门客们非常惊恐，跑回来报告了张辽。张辽十分生气地说："树老了，树浆就红了，有什么值得大惊小怪的！"于是他穿好衣服，亲自去砍那棵树，果然有大量的鲜血流了出来。张辽就让门客先砍树枝，树上露出来一个空洞，看见那里有一位白头老翁，身长大约四五尺，突然跳出来，直奔张辽。张辽持刀与白头翁搏斗。这样的白头翁接续出来四五个，都被张辽逐个杀了。树上的老翁都死了，在旁边看的人都吓得趴在地上，而张辽的神情却还和原来一样。张辽慢慢地仔细观察那些死去的白头翁，既不是人，也不是野兽。接着，大家便顺利地砍掉了那棵树。这就是所说的木石的妖怪夔或魍魉之类的东西吗？这一年，张辽被司空举荐，提拔为侍御史、兖州刺史。他以郡守的高贵身份回家乡省亲，祭祀祖宗，白天穿着五彩绣衣，荣耀满身的样子，他的家乡始终再没有妖怪出来闹事了。

先说明一下，此张辽，非三国时曹操手下名将张辽。

张辽是个无神论者，而且有科学常识。"树老汁赤，如何得怪？"是啊，任何一棵树都会有汁液，老树可能会更多些，汁液会更红些，有什么怪的呢？但是，当张辽亲自动手砍树的时候，白头翁树怪还是出来了。或者说，树太老了，就不该砍伐了，人们心里认为树都老到可以成精的岁数了，谁去砍伐都可能遇到树怪、树精。张辽遇到的是真树怪还是假树怪，不重要，重要的是砍这棵老树，消耗掉了张辽杀死几个人的力气和勇气。

无神论者张辽，后来被提拔当大官儿了。当然了，提拔官职和他杀树怪没什么关系，和他不信邪的一身正气有关。

董仲舒戏老狸

董仲舒下帷讲诵，有客来诣，舒知其非常客。客又云："欲雨。"舒戏之曰："巢居知风，穴居知雨。卿非狐狸，则是鼷鼠。"客遂化为老狸。

【大意】董仲舒在书房里放下门帘子讲经诵读，有一位客人来拜访，董仲舒知道这个人不是寻常的人。客人又说："要下雨了。"董仲舒和他开玩笑说："住在巢里的知道什么时候刮风，住在洞里的知道什么时候下雨。您不是狐狸，就是鼷鼠。"客人一听，瞬间就变成了一只老狐狸。

这是一篇寓言。文字虽然不多，但董仲舒的形象和智慧，却鲜活地跃然眼前，且气象生动。此文寥寥几笔，景象全出。真是大手笔！

董仲舒的学问太大了，本事太大了，名声太大了，说他是儒家弟子的千古一人都不为过。"罢黜百家，独尊儒术"的治国思想就是他提出的。他为汉朝、汉民族、汉思想立下了不朽的功勋。所以，人皆敬之、惧之，何况一只不自量力的狐狸。

宋大贤擒狐

南阳西郊有一亭，人不可止，止则有祸。邑人宋大贤以正道自处，尝宿亭楼，夜坐鼓琴，不设兵仗。至夜半时，忽有鬼来登梯，与大贤语，眄目磋齿，形貌可恶。大贤鼓琴如故。鬼乃去，于市中取死人头来，还语大贤曰："宁可少睡耶？"因以死人头投大贤前。大贤曰："甚佳！我暮卧无枕，正欲得此。"鬼复去，良久乃还，曰："宁可共手搏耶？"大贤曰："善！"语未竟，鬼在前，大贤便逆捉其腰。鬼但急言："死！"大贤遂杀之。明日视之，乃老狐也。自是亭舍更无妖怪。

【大意】南阳郡（今河南省南阳市）西郊有一个驿馆，人不可以在里面过夜留宿，如果有人在里面住宿，就会遇到祸殃。当地城里有一位叫宋大贤的人，平时以正道立身处世，曾经在这个驿馆楼上住了一宿，他晚上坐着弹琴，也没准备什么兵器。到半夜时分，忽然有一个鬼爬上楼梯和宋大贤说话，直瞪着大眼睛，龇着长短不齐的牙齿，相貌十分可怖。宋大贤还是原来那样端坐着弹琴，鬼便走了。一会儿，鬼在街市中拿了一个死人的头，回来对宋大贤说："你是否可以稍微睡一会儿呢？"便把死人的头扔在宋大贤的眼前。宋大贤说："非常好！我晚上睡觉没有枕头，正想得到这个东西呢！"鬼又走了。过了很久鬼又回来了，对宋大贤说："我们能不能赤手空拳搏斗一下呢？"宋大贤说："好！"话还没有说完，鬼已经站在宋大贤的面前了，宋大贤便迎上去抓住它的腰。鬼只是急迫地连声说"死了，死了"，宋大贤就把它杀了。第二天白天，宋大贤去看，原来是只老狐狸。从此以后，这处驿馆里再也没有妖怪了。

鬼可怕不可怕？心里有鬼的人都怕鬼。一身正气的宋大贤不怕鬼，且杀了鬼。鬼伤人，也是要找到人的软肋，才能下手。正气满满的人，身上都穿着"金钟罩"，鬼发现人无懈可击，无从下手时，也就开始怕这个人了。用个死人头恐吓无效后，鬼更加胆怯了，所以，宋大贤徒手就把鬼杀了。

或许，这只老狐狸只想霸占这个驿馆的场所，安度晚年，不希望有人来打扰。所以，但凡有人来住宿，老狐狸就出来恐吓一番，弄得谁都不敢来住宿。只是没想到，遇到不信邪、穿着"金钟罩"的宋大贤，当恫吓的手段失灵后，一个老得走路都打晃的狐狸，如何是身强体壮的宋大贤的对手。

狐博士讲书

吴中有一书生，皓首，称胡博士，教授诸生。忽复不见。九月初九日，士人相与登山游观，闻讲书声；命仆寻之，见空冢中群狐罗列，见人即走，老狐独不去，乃是皓首书生。

【大意】吴郡（今江苏省苏州市姑苏区）有一个书生，长着一脑袋的白头发，自称是胡博士，收学生授课。忽然有一天，他失踪不见了。九月初九那天，文人雅士们一起登山游览，忽然听见胡博士讲课的声音，就让仆人过去看看。只见一座空坟中，整齐地坐着一群狐狸在那儿听课，看见有人来就都跑了。只有一只老狐狸不走，它就是那个白头书生——胡博士。

因为狐狸很聪明，所以坊间都说狐狸能成精。狐狸精不仅仅是女性，我在历代的志怪书籍中看到，男性狐狸精并不在少数。

　　狐狸再聪明，也不如人。给人授课，老狐狸也缺乏自信。所以，这个胡博士给人授课没几天就感觉支撑不住，跑了。老狐狸跑回狐群里，继续当博士教授课程。听课的小狐狸们怕人，所以，人来了，小狐狸们就四散逃去。唯有这只老狐狸不怕人，坐等人来。第一，老狐狸和人打过交道；第二，老狐狸渴望与人坐而论道，也许他以为坐等便可以等来这样的机会与尊重。老狐狸的结局我们不得而知，祝他好运吧。

王周南克鼠怪

魏齐王芳正始中，中山王周南为襄邑长。忽有鼠从穴出，在厅事上语曰："王周南！尔以某月某日当死。"周南急往，不应。鼠还穴。后至期，复出，更冠帻皂衣而语曰："周南！尔日中当死。"亦不应。鼠复入穴。须臾复出，出复入，转行，数语如前。日适中。鼠复曰："周南！尔不应死，我复何道！"言讫，颠蹶而死，即失衣冠所在。就视之，与常鼠无异。

【大意】魏齐王曹芳正始年间，中山国（在今河北省大部）人王周南，任襄邑县（今河南省睢县）县长。忽然有只老鼠从洞穴中爬出来，在王周南办公的厅堂上说："王周南，你将在某月某日死去。"王周南急忙走过去看，却不说话。老鼠便回到洞中去了。后来到了某一天，老鼠又出来了，戴着帽子、扎着头巾，穿着黑衣服，对王周南说："王周南，你中午就要死了。"王周南还是不说话。老鼠又进洞去了。一会儿老鼠又出来了，出来了又进洞，反复转了几个来回，说着和前面几次相同的话。这时正好到了中午，老鼠又说："王周南，你老不答我的话，我还能说什么呢？"说完，倒在地上抽搐而死了，他的衣服、头巾、帽子也立刻不见了。王周南走近看这只老鼠，与平常的老鼠没有什么不同。

《西游记》中有这样一段情节。一个已经抓了唐僧的妖怪手拿着一个葫芦，站在高处对孙悟空说："我喊你一声，你敢答应吗？"孙悟空说："你喊孙爷爷一声，我答应你三百声。"然后，妖怪就喊："孙悟空！"孙悟空高声回答："爷爷在！"话音未落，孙悟空就像一缕空气被收纳进葫芦里。若不是孙悟空有金刚不坏之身，恐怕一时三刻真就化为脓水了。

此文中的老鼠，大概是用葫芦捉孙悟空的那个妖怪的师傅，只是王周南没有孙悟空的身体好，没敢应答老鼠的话，所以，得以保全性命。

坊间确实有一种说法，在黑夜里，尤其是在陌生的地方，如果听到有人喊你的名字，千万不要应答，否则很容易被伤害。有陌生的声音喊你，你不回答，无论喊你的是人是鬼，得不到你的信息，想害你都不知道如何下手。不应答陌生的问话，就可以"不动如山岳，难知如阴阳"。

近些年不是有一句话很流行嘛：别和陌生人说话。

不过，我对这只老鼠还是很敬佩的。无论它对王周南用的是什么心，其敬业精神还是值得赞许的；再则，多次呼叫王周南未得到答复后，就不成功便成仁地倒地而死了（气性也够大的了）。如果这位老鼠是个老鼠精，强烈建议"精灵鬼怪界"隆重地表彰一下。

玖·人的生活，『妖』向往之

《搜神记》的世界里，人与神鬼妖魔是共生并存于天地间的，从某种程度上说，他们都是天地精华的产物，彼此间可能有相犯相对，但也可能和谐共处。人有时仰仗神鬼的启示和庇护，有时受其侵扰，而神鬼妖魔尚未成仙得道时，还不是向往着人间的生活方式，一本正经地模仿着人的言行举止。

　　我从全书最后两卷中选取的这几则故事里，侵占人废弃居所的大蛇也好，故意跑到人间打官司的山蛇也好，学人办丧事的潮虫也好，做的都是生活中的寻常事，结局是被人看穿继而被"消灭"，可怜又可笑。而报恩的玄鹤、黄雀、乌龟和狗，它们身上充盈着人性中的良善与感恩。反观人中也会出现凶残而毫无人性的怪物——最后一则故事里虐杀猿母子的人，就是这样一个恶到极致的形象。人自诩为"万物之灵"，枉存皮囊而灵魂已失的人，恐怕比动物更可怜，比恶鬼更可恶，更为同类所憎恶。

司徒府大蛇

晋武帝咸宁中，魏舒为司徒。府中有二大蛇，长十许丈，居厅事平橑上。止之数年，而人不知，但怪府中数失小儿，及鸡犬之属。后有一蛇夜出，经柱侧伤于刃，病不能登于是觉之。发徒数百，攻击移时，然后杀之。视所居，骨骸盈宇之间。于是毁府舍，更立之。

【大意】晋武帝咸宁年间，魏舒任司徒。他的府邸中有两条大蛇，长十几丈，平日藏在公堂屋檐的橡木上。（蛇）躲在那里已经有几年了，人们都不知道，只是奇怪府邸中经常丢失小孩以及鸡狗之类的小动物。后来有一条蛇晚上出来，经过柱子边上时，被刀刃给划伤了，伤得很重不能再爬到屋橼上去了，这时人们才发现了它们的存在。魏舒调集府中几百个差役，击打了很长一段时间，才把它们打死了。察看两条蛇盘踞的地方，只见屋檐间堆满了白骨。于是便拆毁了这座府邸，另建了一座司徒府。

魏舒是晋武帝司马昭非常敬重的大臣。魏舒的生平有些传奇，但是，其为人、为官都还是清正可赞的。

这两条大蛇不知在魏舒家里享受多久了，膘肥体胖，像粮仓里的老鼠一样，日子过得很舒服。如果不是其中一条蛇受伤，大概这两条蛇还会优哉游哉地继续生活在魏舒家的房椽上。

老房子里有蛇，并不是新鲜事，农村和城市都有这种现象发生。魏舒家里的蛇养得那么大，足以证明这座房子够老、够旧了，应该属于年久失修的范畴。

奇怪的是，丢了猫狗之类可以不在意，丢了孩子也不在意？估计这蛇也懂得该偷谁家的孩子吃。如果吃了魏舒家的孩子，一定会找翻天，但是，如果司徒府里下人们的孩子丢了，找几天找不到，也就无可奈何了。

还好，元凶找到了，新修建的司徒府里应该不会再丢孩子了。

张宽斗蛇翁

汉武帝时，张宽为扬州刺史。先是，有二老翁争山地，诣州，讼疆界，连年不决。宽视事，复来。宽窥二翁，形状非人，令卒持杖戟将入，问："汝等何精？"翁走。宽呵格之，化为二蛇。

【大意】汉武帝的时候，张宽出任扬州刺史。在他任职之前，这儿有两个老头儿为争夺山地疆界，到扬州府打官司，一连几年都没能解决。张宽上任之后，他们又来打官司了。张宽暗中观察这两个老头儿的言谈举止，觉得不像是人类，就命令士兵拿着兵器把他们押进来，喝问道："你们是什么妖怪？"两个老头儿转身就想逃跑，张宽命令士兵拦住他们痛打，两个老头儿随即变成了两条蛇。

动物和人一样，都有强烈的领地边界意识，都要有国境线。嗨，人不也是动物嘛。

两条老蛇为确定领地边界来求救于人，说明它们还没有彻底成精，真是成了精的蛇，绝不会来求人类来帮助解决它们的领地问题，因为，人类认为这些领地都是人类自己的。还有，以前不同部族的人的活动边界划分准则是：弱肉强食。这两条蛇不懂人的道理，也没有动物生存常识。所以，它们被阅历丰富的刺史张宽看出了破绽，因此，它们要葬身在刀兵之下。

小人

豫章有一家,婢在灶下,忽有人长数寸,来灶间壁。婢误以履践之,杀一人。须臾,遂有数百人,着衰麻服,持棺迎丧,凶仪皆备。出东门,入园中覆船下。就视之,皆是鼠妇[1]。婢作汤灌杀,遂绝。

【大意】豫章郡(今江西省南昌市)有一户人家,婢女站在灶台边干活儿的时候,忽然有几个身长只有几寸的小人,来到灶台边的墙壁旁。婢女不小心踩到了他们,踩死了一个。一会儿,就有几百个小人,穿着麻丧服,抬着棺材来迎丧,办理丧葬的礼仪都很完备。他们出了东门,走入菜园中一条倒扣着的船下面。婢女走近仔细一看,全是一些潮虫。婢女就烧了一锅沸水去浇灌,把它们都烫死了,于是这怪物就绝迹了。

---

1. 鼠妇:又名鼠负、地虱等,潮虫的一种。

潮虫也能成精？想到密密匝匝的潮虫在厨房里爬来爬去，浑身就会起鸡皮疙瘩。能让人们讨厌，大概就是人们认为它们可以成精的理由。

婢女对付一堆潮虫容易，要真是一群小人，仅一个婢女就难以解决问题了。

狄希千日酒

狄希，中山人也，能造千日酒，饮之，千日醉。时有州人，姓刘，名玄石，好饮酒，往求之。希曰："我酒发来未定，不敢饮君。"石曰："纵未熟，且与一杯，得否？"希闻此语，不免饮之。复索，曰："美哉！可更与之。"希曰："且归。别日当来。只此一杯，可眠千日也。"石别，似有怍色。至家，醉死。家人不之疑，哭而葬之。经三年，希曰："玄石必应酒醒，宜往问之。"既往石家，语曰："石在家否？"家人皆怪之曰："玄石亡来，服以阕矣。"希惊曰："酒之美矣，而致醉眠千日，今合醒矣。"乃命其家人凿冢，破棺看之。冢上汗气彻天，遂命发冢，方见开目，张口，引声而言曰："快哉，醉我也！"因问希曰："尔作何物也？令我一杯大醉，今日方醒，日高几许？"墓上人皆笑之。被石酒气冲入鼻中，亦各醉卧三月。

【大意】狄希，中山国人，他会酿造一种酒，名为"千日酒"。人喝了这种酒会醉上一千天。当时州里有个人，姓刘，名玄石，喜好喝酒，就到狄希那里讨酒喝。狄希说："我的酒在发酵中，酒性还不成熟稳定，不敢给您喝。"刘玄石说："即使还没有成熟，姑且给我一杯尝尝，可以吗？"狄希听了这话，不得已给他喝了一杯。他喝完后又讨要，说："美妙啊！可以再给我一杯吗？"狄希说："你先回去吧，改日再来。您就喝这么一杯，足能让您睡上一千天了。"刘玄石只得告别，似乎还有点羞愧的表情。他回到家中，就醉得死了过去。家里人都认为他已经死了，所以哭着将他埋葬了。过了三年，狄希自语道："刘玄石一定该酒醒了，应该去问候问候他。" 狄希来到刘家，说道："玄石在家吗？"刘家的人都对这问话感到奇怪，对狄希说："玄石死三年了，丧服都因满期而脱掉了。"狄希惊讶地说："啊，酒太美了，竟然使他醉酒睡了一千天，现在应该醒了。"于是他就叫刘玄石的家人去挖开坟墓，打开棺材看看。来到坟前，只见坟上汗气冲天，就叫人挖开坟，刚好看见刘玄石睁开眼睛，张开嘴巴，拖长了声音说："痛快啊！醉得我好痛快啊！"他便问狄希说："你酿的这是什么酒啊？我喝了一杯就酩酊大醉，到此时才醒？现在太阳多高了？"墓地上的人听了都笑起来。却被刘玄石的酒气冲入鼻子中，大家也都各醉卧了三个月。

中山国是战国时期的诸侯国之一，公元前414年建国，几经起伏，在公元前296年，被赵国所灭。有史家说：在战国七雄秦、楚、齐、燕、韩、赵、魏之后，还有"第八雄"，即中山国，疆域囊括今河北省的大部分地区。由此足见中山国当时还是很强大的，号称"九千乘"之国。中山国前后历时一百二十年左右，其政治、经济、文化的发展与当时其他中原地区的诸侯国大致相同。所以，中山国中的居民狄希会酿酒是可靠的。

中国是世界上最早掌握酿酒技术的国家，传说中的两大造酒师是仪狄和杜康。仪狄是用糯米发酵造酒，杜康是用高粱发酵造酒。杜康造酒有一句广告词是：杜康造酒刘伶醉，不醉三年不要钱。现在有"杜康酒"，但是我有十几年没喝过这种酒了。河北有一家酒厂（在原中山国的辖区）出产"刘伶醉"，我曾经喝过，后来也十几年没喝了。

狄希酿造酒的地方，不知道是不是现在"刘伶醉"酒厂的厂址。但是，狄希造酒在战国时的广告词就是"不醉三年不要钱"。

刘玄石来找狄希讨要酒喝，狄希说还没发酵完成，但还是给了刘玄石一杯。这一杯是什么酒？酒海里的酒。就是没经过蒸馏、勾兑等的原浆。现在酒厂的酒海里的原浆酒，酒精度可达八十度左右。喝一杯就醉，很正常。但是醉三年，就是给酒做广告了。

　　不是所有喜好喝酒的人，都想求醉。真想求醉的人，无需用酒。刘玄石是求醉，喝不喝那一杯，他都想睡三年。至于刘玄石的家人认为他是死了，埋葬了他及再挖坟开棺，让他醒来，就是故事情节的需要了。

玄鹤衔珠

哙参，养母至孝，曾有玄雀，为弋人所射，穷而归参。参收养，疗治其疮，愈而放之。后雀夜到门外，参执烛视之，见雀雌雄双至，各衔明珠以报参焉。

【大意】哙参奉养母亲极其孝顺。曾经有一只黑色的鹤，被射鸟的人射伤，无法飞翔了，就来到哙参家里。哙参收养了它，精心治疗它的伤口，黑鹤的伤痊愈后，哙参就放飞了它。后来这只黑鹤在夜里来到哙参的家门外，哙参举着火烛一看，只见一雌一雄两只鹤双双而来，各衔一颗夜明珠，以此来报答哙参。

哙参只想救治那只受伤的黑鹤，没想过要回报。但黑鹤也是有感情的动物，懂得报恩。为得到回报而去帮助他人，那是做生意，等价交换中不会有感情、恩情。

至于黑鹤是从哪里得来的夜明珠，我想，应该是从那些忘恩负义者或巧取豪夺者手中得来的吧。

黄雀报恩

汉时弘农杨宝，年九岁时，至华阴山北，见一黄雀，为鸱枭所搏，坠于树下，为蝼蚁所困。宝见，愍之，取归，置巾箱中，食以黄花。百余日，毛羽成，朝去暮还。一夕三更，宝读书未卧，有黄衣童子，向宝再拜曰："我西王母使者，使蓬莱，不慎为鸱枭所搏。君仁爱，见拯，实感盛德。"乃以白环四枚与宝，曰："令君子孙洁白，位登三事，当如此环。"

【大意】汉朝的弘农郡（今河南省灵宝市）人杨宝，九岁的时候，来到华阴山北边，看见一只黄雀被鸱鸮击伤，坠落到了树下，被一群蝼蛄蚂蚁围困住了。杨宝看见了，十分怜悯这只黄雀，就把它带回家，放在装头巾的小箱子里，用菊花喂养它。一百多天后，黄雀的羽毛长好了，每天早上飞出去，傍晚又飞回来。有一天夜里三更时分，杨宝读书还没有睡，忽然有一个穿着黄衣服的少年向杨宝拜了两拜，说："我是西天王母的使者，奉命出使到蓬莱仙岛，不小心被鸱枭击伤。您十分仁慈，救了我，我实在感激您的大恩大德。"于是，少年拿出四只白色的玉环送给杨宝，说："这四只白玉环会让您的子孙品德高洁，官位升到三公，就像这洁白又高贵的玉环一样。"

中国有一则成语：结草衔环。这是两个典故，"结草"源自《左传》，这里就不细说了。

"衔环"就是现在我们要说的故事。但是，这个故事出自《后汉书·杨震传》。杨震官至太尉，所以史书为其立传。杨震的父亲就是本文的主人公杨宝。黄雀曾对杨宝说："您的子孙品德高洁，官位将升至三公。"现实中，黄雀的话兑现了。杨宝的儿子杨震、孙子杨秉、曾孙杨赐、玄孙杨彪四代人的官职都升至太尉，而且他们都为人刚正不阿，为政清廉，为后人所赞颂。

黄雀太小了，但是，杨宝懂得：莫以善小而不为。"行善积德"是中华民族的传统，也是各大宗教的宗旨。行善，是为人之本，不是教化。教化是对人的行为要求，而行善是社会化的人与人的互爱、互助。在传统理念里，行善积德的后面，还有一句话，叫"封妻荫子"。

龟报孔愉

　　孔愉，字敬康，会稽山阴人。元帝时以讨华轶功封侯。愉少时尝经行余不亭，见笼龟于路者，愉买之，放于余不溪中。龟中流左顾者数过。及后，以功封余不亭侯，铸印，而龟钮¹左顾，三铸如初，印工以闻，愉乃悟其为龟之报，遂取佩焉。累迁尚书左仆射，赠车骑将军。

　　【大意】孔愉，字敬康，是会稽郡山阴县（在今浙江省绍兴市环城河内区域）人。晋元帝时期因为讨伐华轶立功而被封侯。孔愉年少的时候，曾经路过余不亭，看见路边有个人把一只乌龟装在笼子里在卖，孔愉买下了那只乌龟，并把那只乌龟放生到余不溪中。乌龟到了溪水中，几次向左掉过头来望孔愉。等到后来，孔愉因为战功被封为余不亭侯。铸官印的工匠为他浇铸官印时，

――――――――――

1. 钮：今写为"纽"。

龟形印纽上的乌龟头老是向左回望的姿势，浇铸了多次还是原来的样子。铸印的工匠把这事报告给孔愉，孔愉这时才明白，这次封侯是乌龟在报恩，于是就拿了这枚龟纽印佩戴在身上。后来，孔愉多次升官，一直做到尚书左仆射，并受封为车骑将军。

　　我有一个朋友因患癌症，手术后住在医院里，生死未卜。他的妻子每天早上去水产市场买活鱼，到河里放生，据说也买过乌龟放生。放生是否行善？是否对她患病的丈夫有益？我都没有证据能论说这件事。

　　传说龟是长寿之物，也是通神灵的动物。

　　故事想要告诉我们，孙愉因放生了一只乌龟而升了几次官，但事实上，孙愉是因为有战功才升的职。此文中为了让那只被放生的乌龟前来报恩，于是设计了"龟纽印"。乌龟是否会对放生者报恩？孙愉升职是否与那只被放生的乌龟有关？我也不知道啊！

义犬救主

孙权时李信纯，襄阳纪南人也。家养一狗，字曰黑龙。爱之尤甚，行坐相随，饮馔之间，皆分与食。忽一日，于城外饮酒大醉。归家不及，卧于草中。遇太守郑瑕出猎，见田草深，遣人纵火爇之。信纯卧处，恰当顺风，犬见火来，乃以口拽纯衣，纯亦不动。卧处比有一溪，相去三五十步，犬即奔往，入水湿身，走来卧处，周回以身洒之，获免主人大难。犬运水困乏，致毙于侧。俄尔信纯醒来，见犬已死，遍身毛湿，甚讶其事。睹火踪迹，因尔恸哭。闻于太守。太守悯之曰："犬之报恩，甚于人。人不知恩，岂如犬乎！"即命具棺椁衣衾葬之。今纪南有义犬冢，高十余丈。

【大意】三国东吴孙权时期，有个人叫李信纯，是襄阳郡纪南（在今湖北省荆州市荆州区）人。他家养了一条狗，取名黑龙。李信纯特别喜欢这条狗，无论出门在外还是在家，都让狗跟着他，他吃东西的时候，也都要把自己吃的东西分一些给狗吃。忽然有一天，他在城外喝酒，喝得酩酊大醉，还没有走到家，就醉倒睡在路边的草丛中。恰好那天碰上太守郑瑕出城来打猎，见野外的草长得又高又密，就派人放火烧草。李信纯躺的地方，恰好在顺风的方向。那条狗看见大火要烧过来，就用嘴拖拉李信纯的衣服，而李信纯一动没动。李信纯躺着的地方附近有一条小溪，相距只有三五十步，狗就奔跑过去，跳进溪水中浸湿身体，再跑到李信纯躺的地方，在他的周围来回跑，把自己身上的水洒在他周围，这才使得主人避免了大难。狗因为往返运水劳累过度，死在了主人的身旁。一会儿李信纯醒来，看见狗已经死了，浑身的毛都湿漉漉的，异常惊讶。当他看到火烧的痕迹，才明白发生了什么事，于是悲痛地大哭起来。这件事被太守听见了，太守十分欣赏、怜悯那条狗，说："狗报恩的义举胜过人！人如果不知恩图报，真是不如狗啊！"于是，立即就派人置办了棺材、衣服等，把那条狗给安葬了。如今纪南城还有一座义犬墓，高达十多丈。

此文我就不必多说了，太守的话已经说明白了。"狗报恩的义举胜过人！人如果不知恩图报，真是不如狗啊！"

在家养的动物里，狗是最忠诚于主人的。古今中外，狗救主人的故事俯拾即是，此文所讲只是一则。

　　在知恩图报这个事上，不如狗的人太多了。恕我不具体举例了。

猿母哀子

临川东兴有人入山，得猿子，便将归，猿母自后逐至家。此人缚猿子于庭中树上以示之。其母便抟颊向人欲乞哀状，直谓口不能言耳。此人既不能放，竟击杀之。猿母悲唤，自掷而死。此人破肠视之，寸寸断裂。未半年，其家疫死，灭门。

【大意】临川郡东兴县（今江西省黎川县东北）有一个人进山，抓到一只幼猿，就把它带回家。母猿也跟在他身后一直追到他家。这个人把幼猿绑缚在院中的树上给母猿看。母猿对着人打自己的耳光，做出乞求哀怜的样子，只是嘴里不会说话罢了。这个人不但不肯释放幼猿，竟然还把它打死了。母猿悲痛地大声哭叫着，自己撞地而死。这个人剖开母猿的肚皮一看，只见它的肠子断成一寸一寸的。不到半年，这个人家突然遭受瘟疫，满门都死光了。

莫以恶小而为之。这个人做的不是游戏，不是小恶。他的心太恶毒了！所有的心之恶，都是大恶。抓了猿猴幼崽，还要当着猿猴母亲的面折磨幼崽，直至把幼崽杀死，直至让猿猴母亲肝肠寸断！

这家人遭瘟疫，满门皆亡，其遭遇和虐待猿猴有关吗？不知道。但是，多行不义必自毙，是有道理的。

"肝肠寸断"这个成语，就这么来的。

后记：哈哈一笑

今天是 2021 年 1 月 29 日，农历庚子年腊月十七。

我是从 2020 年 12 月 10 日，农历庚子年十月二十六晚上，开始动笔写这部书，到今天整整五十天。

想写一部"读《搜神记》"的读书笔记，应该是蓄谋已久了。2012 年 1 月，我被调到另一个工作单位。刚到新单位时，经常睡不好觉，夜梦很多，且梦里常有"妖魔鬼怪"出没。我有一个很懂《易经》的朋友，据说还会占卜，我去找他，问："给我看看，我吉凶几何？"他看了我一眼说："你印堂发亮，眼小有神，鼻直口正，很好啊，不用看了。"我说："近期我常做怪梦。"他说："嗨，你的耳朵太大了，有点儿招风。所有来找你的'妖魔鬼怪'或折腾你的人，都是你人生的补药，多吃点儿，你将来会很强壮，只是现在不要被'鬼神'控制就好。"接着大家哈哈一笑。笑过了也就笑过了，可是，我还是觉得，既然"神神鬼鬼"

的东西常来找我，那我不如主动去找找它们吧。于是，我就把《搜神记》拿出来读。有道是：知己知彼嘛。当时不是连续地读，而是读读停停，也零散地写了几段读书笔记。就在那个时候，我决定，将来一定要写一本关于《搜神记》的读书笔记。不过，现在完成的这本笔记，已经变成了一本故事选读。

2020年我退休了，那位懂《易经》的朋友到我家来看我，并送我一幅他写的对联，我展开一看，规矩的隶书，字写得还不错。对联的内容是：

天地交泰

日月照临

我说："这是《易经》里的卦象吧？"他哈哈一笑，说："这就是前人留下来的，用《易经》里卦辞拼写出的对联。我只是抄写而已。"我说："是什么意思呢？"他说："阴气下降，阳气上升。祝哥们儿你越来越好啊！"我说："横批呢？"他说："横批是'哈哈一笑'。"我们随之就哈哈一笑。好朋友之间，千言万语，往往都藏匿于哈哈一笑间。

2020年上半年，我又翻开《搜神记》，这次是捧着书读，一个字一个字地读，直到读完。

12月10日，并不是什么特殊的日子。那天是星期四，一个外地的朋友来北京，我俩聊天聊了几个小时，喝了几壶茶，算是酣畅淋漓。他问我："最近还想写什么？"我说："想写读书笔记，准备写一本读《搜神记》的书。我认为《搜神记》很伟大。"我看到了他狐疑的眼神儿。就在那天晚上，我开始动手写，打开电脑敲出了第一行字：

　　我心里有"鬼"！

上周六下午，大女儿带着小外孙来我家，小外孙看我在电脑上打字，就问我："姥爷，你在写什么呢？"我说："姥爷在写鬼呀。"小外孙接着问："什么是鬼呀？"我一下子语塞了。是呀？什么是鬼呀？我怎么能和一个三岁的小孩儿说清楚什么是鬼呢？可是，面对小外孙那双清水一般的眼神儿，我又不能不回答。于是，我就换了个方向对小外孙说："等你长大了，你就知道什么是鬼了。"小外孙跑着玩去了，估计转身就会忘掉刚才这个"鬼"话题。

其实，把这部书稿写完了，我也说不清楚什么是鬼，不过,我写得很自信,甚至觉得我已经参与了《搜神记》的创作。当然了,我是文学的参与,不是真理性和判断力的参与。

在我写作的这五十天里,北京共下了三场雪,其中一场比较大,两场轻描淡写。那场大雪覆盖了大地,我停下笔,站在窗前看飘飘洒洒的雪,矫情地说:"雪能覆盖的,没有值得留恋的;而落雪时的宁静,却是我向往的。"但是,我认为北京的雪,只具有形式感,没有东北的雪负载冬天的力量。北京的雪,太模糊了。我是一个冬天在雪地里戏耍着长大的东北孩子,深深地知道,冬天的雪应该是干脆、凛冽、透骨的。

干宝先生在《搜神记》里,几乎就没写到雪。他生活在南京,南京的雪,连形式感都不具备。是不是没见过的东西,就不能写?当然不是。干宝见过鬼神吗?

前几天,北京大风,大有"妖怪来了"的气势。我去菜市场买菜,去时顶风,回来又顶风,遂得小诗一首:

冬天的风

一场来势汹汹的雪

仅稀稀疏疏飘了一小会儿

风很快带走了地上的雪

却留下了满地的枯叶

大地并没有重新开始

此时天地之间的主角是风

风在扮演着各种角色

演奏家、魔术师、淘气的孩子

它的每项表演都很成功

只是欢乐没有重新开始

我去菜市场买菜

顶着风艰难地行走

当我买完菜回来

又是顶着风艰难地回家

风向说变就变了

而生活并没有重新开始

　　还有十九天，庚子年就过去了，大地上的残雪，已经消融，春天就要到来了。万物都会"春风吹又生"，除了花草树木"吹又生"，精灵鬼怪大概也会"吹又生"。好在我读完《搜神记》后，懂得了一个常识：只要你一身正气，妖魔鬼怪对你也无可奈何。

商　震

2021 年 2 月 4 日

全国总经销

捧 读 文 化
触及身心的阅读

出 品 人　张进步　　程　碧

责任编辑　　马　燕
特约编辑　　方黎明　　巩亚男
封面设计　　陈旭麟 @AllenChan_cxl
内文设计　　杨瑞霖

出版投稿、合作交流，请发邮件至：innearth@foxmail.com
了解新书，图书邮购、团购、采购等，请联系发行电话：010-85805570